人民的警察

潘婼悌 凡人 著

People's Policeman

图书在版编目(CIP)数据

人民的警察/潘婼悌,凡人著.—厦门:厦门大学出版社,2018.11
ISBN 978-7-5615-7187-3

Ⅰ.①人… Ⅱ.①潘… ②凡… Ⅲ.①长篇小说-中国-当代
Ⅳ.①I247.5

中国版本图书馆 CIP 数据核字(2018)第 260778 号

出 版 人	郑文礼
责任编辑	林 鸣

出版发行 厦门大学出版社
社　　址 厦门市软件园二期望海路 39 号
邮政编码 361008
总 编 办 0592-2182177　0592-2181406(传真)
营销中心 0592-2184458　0592-2181365
网　　址 http://www.xmupress.com
邮　　箱 xmup@xmupress.com
印　　刷 长沙市宏发印刷有限公司

开本　889 mm×1 194 mm　1/32
印张　9
插页　2
字数　165 千字
版次　2018 年 11 月第 1 版
印次　2018 年 11 月第 1 次印刷
定价　38.00 元

本书如有印装质量问题请直接寄承印厂调换

厦门大学出版社
微信二维码　　厦门大学出版社
微博二维码

大地上的最明亮的微尘
——序潘姞悌、凡人长篇小说《人民的警察》

/ 海 飞

在我年少的时候，十分崇敬诸暨县枫桥镇派出所里的民警，他们穿着白制服蓝裤子，骑着边三轮摩托车，正义地行驶在村庄外的土埂上。后来我穿上了武警的警服，在江苏省二十一劳改支队那所黄海边的监狱站岗执勤，仿佛和"警"有了一丝关系。再后来我看到了潘姞悌和凡人的长篇小说《人民的警察》，同样正义地躺在我的书桌上。

《人民的警察》以江南县城派出所民警陈聪为主角，作为一个基层警务人员，他用自己的机智和勇敢解决各种大案小案，在这个过程中，他的身世之谜也一步步解开，直到真相大白。陈聪终于发现生父的身份以及导致父亲死亡的国家叛徒的真实身份。最后，陈聪与大反派狭路相逢，斗智斗勇并取得胜利。在仇恨和正义之间，陈聪将会如何选择？是私人暴力复仇，还是相信法律的公平公正……

这个故事令人不禁想起多年前海岩编剧的经典电视剧《便衣警察》，即使你已经记不起任何剧情，也绝不会忘记那首由刘欢演唱的经典主题曲："金色盾牌，热血铸就"，"少年壮志不言愁"，那是一个时代的深远记忆。而我要说的是，"为了大地的丰收"显得特别的高大上，但是至少陈聪本身是芸芸众生中的一员，同我们一样，在尘土里打滚和生存。那么，他应该是大地上最明亮的微尘。

《人民的警察》和《便衣警察》有着同样的精神内核，塑造了一个新时代的"九〇后"民警陈聪，自然富有独特的青春一代的气息。首先陈聪是一个基层警员，他所面对的是最为普通的人群和最为质朴的困难，比如有人的老母鸡不见了、被子被偷了，这些常见的失窃、寻人案件作为一个窗口，使读者观察到市井生活的面貌。有时候陈聪需要做的不仅是解决表面的困难，而是满足报案人的心理诉求，比如丢了被子的老太太坚持近似民俗神秘学的解释，是"鬼"偷走了她的被子。而陈聪帮她堵上了墙洞，使老太太摆脱了精神上的恐慌，然而有些洞是补不好的。正如老太太一案反映出的不仅是生活的困难，也是老年人无人照料的困境，而警察的帮助对她来说也是一种关注。陈聪游走在这些鸡零狗碎的人情冷暖之间，背负着警察的职责，用另一种威严而亲和的视角观察生活。

而随着故事的进展，陈聪的日常生活被卷入了更大的旋涡，尤其是他神秘的身世开始揭开，上一辈的恩怨无疑要继续折磨他，同时他还要寻找生母的下落。这对陈聪来说是浴火重生的历练，在和养父一起对抗国安部叛徒郑愁时，他经受了考验，成了一名真正成熟的人民警察。同时，更为凶险难测的案件也逐渐浮现，从内衣焚烧案到少女碎尸案，再到人口贩卖案，此时读者已经从一开始的日常被拖入悬念迭起的探案世界。

而同时他是个"九〇后"年轻人，所以他具有和所有年轻人一样的青春世界，他也会看流行的网络小说，也会因为和养父的观念不同而产生叛逆心理，也会在江南的春天里产生爱情。关于爱情，那又是另外一个故事了。在小城暗流涌动的冒险中，读者或许会看到这个人物是鲜活的、生动的，充满了独特生命力的，而区别于不食烟火的"伟光正"人物。

潘嫆悌和凡人的这部长篇小说文笔简洁干练，文字颇具口语化的生活色彩，将小人物的悲欢放在一个普通的江南县城背景来展现，从最低的尘埃里折射出大时代的主题，表达对正义对法律的信心。其中对民警办案的过程和警局的生活面貌有着细致、准确的呈现，使读者增加了对警察队伍的了解。而陈聪，这粒大地上最明亮的微尘，如同我窗口走过的充满朝气的小子，如同我们所有的过往与回忆中能想见的闪亮的青春，如同旧时光里一声响亮的口哨。

岁月仿佛因此而静好。是为序。

目 录

第一卷

1. 新城富二代 / 003
2. 入警第一天 / 007
3. 群众无小事 / 010
4. 母鸡被盗案 / 014
5. 不是鸡的问题 / 017
6. 一封匿名信 / 021
7. 劳碌的工作 / 024
8. 爸爸在哪儿 / 028
9. 要警察干吗 / 031
10. 帮阿婆捉鬼 / 034
11. 挪用公款案 / 036
12. 被逼去相亲 / 040
13. 一见会钟情 / 043
14. 移居在国外 / 046
15. 新城李公子 / 049
16. 身世初调查 / 052
17. 内衣焚烧案 / 055
18. 神秘的阿婆 / 058
19. 夫妻起争执 / 061
20. 刑侦在路上 / 065
21. 少女碎尸案 / 068
22. 半夜去走访 / 072
23. 一环扣一环 / 076
24. 命案碰头会 / 079
25. 寻找突破口 / 082
26. 走访无头绪 / 085

第一卷

27. 走访现端倪 / 088
28. 头脑有风暴 / 091
29. 失踪的少女 / 095
30. 肢体的对抗 / 100
31. 夜宵一条街 / 104
32. 三轮车屠夫 / 108
33. 王记烧麦店 / 113
34. 第一次追逃 / 116
35. 侦查进山村 / 119
36. 在异地审讯 / 123
37. 厅领导指示 / 128
38. 确认过眼神 / 132
39. 一切都是命 / 135
40. 调离刑警队 / 138
41. 真的第一次 / 143
42. 遇袭险丧命 / 147
43. 招谁惹谁了 / 151
44. 接黑子出狱 / 155
45. 王爷是叛徒 / 159
46. 黑子的命运 / 163
47. 背后的势力 / 168
48. 水落终石出 / 171
49. 迟来的报仇 / 175
50. 逃亡者归来 / 180

第二卷

1. 河北有亲人 / 191
2. 人口贩卖案 / 195
3. 偶遇陆子心 / 198
4. 陌生人爷爷 / 202
5. 雁翎的出处 / 206
6. 灵魂在路上 / 210
7. 匿名的短信 / 214
8. 因为是警察 / 217
9. 振国后安家 / 220
10. 隐藏的名单 / 223
11. 他也是警察 / 226
12. 三十年旧案 / 230
13. 旧案终石出 / 233
14. 借调一个月 / 237
15. 你在才有家 / 240
16. 父亲的背影 / 243
17. 陈年案中案 / 245
18. 神秘国宾馆 / 249
19. 芳菲苑玄机 / 252
20. 金字塔图腾 / 255
21. 神秘人身份 / 258
22. 黎明前黑暗 / 261
23. 殊死的搏斗 / 266
24. 最后的抉择 / 273
25. 未完待续 / 276

第一卷

1. 新城富二代

"陈总,你儿子不得了啊!"

杯酒交错,陈宅家宴,华丽耀眼的水晶灯下,一位身穿浅蓝色衬衫、黑西裤,着锃亮棕色皮鞋的男士,正是陈宅的主人陈坚。他正满脸堆笑地回应着客人们的敬酒,"哪有,哪有!"

绛红色的梨花木桌子上,摆满了鲜香可口的佳肴,在座的除了当地赫赫有名的商界名流、政界要员外,还有陈坚的独生儿子陈聪。

"小聪,你倒杯酒,敬敬叔叔阿姨们。"陈坚转而望向心不在焉的儿子,"来,先敬李叔叔,李叔叔是公安局局长,以后,你在派出所工作,还要请李叔叔多多关照。"

只见一位身形魁梧,剃着板寸头的男士起身,中气十足的洪亮声音回荡在大理石之间,"陈总客气,令公子这么出众,以后一定大有作为!"这个男人就是新城县公安局局长李想。在新城，谁都知道，李局长可不是什么饭局都参加的，尤其是八项规定出来以后，作为执法部门的一把手，更是要严格遵守，但在新城，大家都知道，陈坚的饭局，是一定要来的。

陈聪缓过神来，端起酒杯。从十八岁开始，跟着父亲，各种场合，各种饭局，前前后后，出出入入，比起同龄的男孩子，见惯了形形色色的人，明显多了几分成熟的气息和淡定的神情，"敬李叔叔，我干掉，您随意。"看不清这个二十八岁男孩脸上不悲不喜、不急不躁的表情。李局也很爽气地将一盏52度的酒灌入了滚动的喉咙，酒精就像女人的手，一下子缠上了男人的脖颈，李局明显皱紧了眉头，陪笑道："小聪好酒量啊！"

看不清陈聪的脸上，是喜是悲。就在刚刚，他无意间闯入父亲的书房，看到了让他足以推翻过往二十几年人生的一封信。

"李局，这就是您说笑了。"一位女子说道，她披着一头大波浪卷，身穿橘色长裙，脚蹬一双细高跟鞋，精致的妆容下是一张美丽却英气逼人的脸，"我们家儿子，酒量是不行的，不过酒品还是可以的，李局见笑了啊！"女人说完，抬起桌上盛满红酒的高脚杯，"来！我敬您一杯，以后，小聪在公安这条线上，要麻烦您多关照啦！"

"是是是！"陈坚也适时端起酒杯，"夫人说得对，这杯，我理当赞助！"

李局乐呵呵地，赶忙抄起面前的酒杯，像弹簧般一下子蹦离了座位，"客气了，客气了，陈总，互相照顾，互相照顾，我敬二位，我敬二位！"

新城，是江南的一座小县城，隶属于禾城市。而禾城市，建制始于秦，有着两千多年的人文历史，自古为繁华富庶之地，素有"鱼米之乡""丝绸之府"的美誉。而明弘治年间曾有记载，"禾城为浙西大府"，也为"江东一都会也"。而新城更是禾城市经济文化发展的先行县，涌现出了一大批优秀的企业家，而陈坚，就是其中之一。

消息像是长了翅膀，陈聪还没踏入明湖派出所的时候，所里的人就都知道要来一位"富二代警察"，有人嗤之以鼻，有人事不关己高高挂起，更有警花们期待满满。在新城这样的地方，说陈坚是最有实力和财力的企业家，绝不夸张，而陈聪是陈坚的独生子，即便没多少人见过他，他的名字在很多人的耳朵里也都是溜过一圈的。比如金婷婷，她期待跟陈聪的见面已经很久了。

"小聪，这是你的位子。"李想局长亲自将陈聪送到明湖派出所，干净的深褐色办公桌，惠普台式电脑，还有一盆苍翠的绿萝，在白炽灯的光线下，叶片油亮油亮的，就像陈聪对面办公桌同事赵子龙头顶光秃秃的部分，其他警员都自顾自忙开了,但身着警服的金婷婷,投来了柔媚的眼光,只一抹,便羞涩地移开了。

这是明湖派出所,也是所有故事开始的地方。

2. 入警第一天

今天，是陈聪正式上班的第一天，也是轮到他值班的第一天，陈聪心里清楚，大家都知道他是新城县富商陈坚的独子，论经济实力，公安队伍里几乎没人比得了他，大家表面上都是客客气气的，或忌惮于陈坚的实力，或慑于李局长的威严。

但是，良好的教育告诉他，越是出身好的人，越要比其他人更努力，这样才能得到别人真正的肯定，否则，日后升职或得到领导的器重，大家表面可能附衬，背地里不知会说多少不服气的话。所以，陈聪想，既然选择了这份工作，就一定要拿出点态度给大家看看，他不是一个阿斗式的草包。

他整理了下自己的警容风纪，顺便把江诗丹顿手表撸了下来，放进了装备包，然后把"处警八件套"按照在警校培训时学的着装要求一一套在身上。穿戴完毕后，他走到了警容镜前,看着镜子里穿上警服配上装备后英姿勃发的自己,不由得自恋起来,心里暗想:在自己为数太多的实力里面,最有实力的一项还是——帅气!

这时,与值班领导姜超交接完情报信息的金婷婷正好看到了此番场景,她忍不住偷偷拿起手机,想要拍下来发给负责后勤工作的姐妹周萍看,却没料到被正要带陈聪去巡逻的赵子龙逮了个正着。

赵子龙憨憨地笑了笑,大声说道:"干吗呢,小火龙(因脾气大而得名),暗恋人家陈公子呢?"对,陈聪不知道,自打他踏入明湖派出所的大门后,大家已经把这顶帽子牢牢地扣在了她头上。

而赵子龙,向来粗惯了,要么闷声打手游不说话,可一说起话来便声若洪钟,搞得很远处的陈聪也听到了,但陈聪因为太入神了,似乎并没有听清赵子龙说了什么,扭头大声问道:"赵叔,怎么了,我准备好了呢!"

这不扭头还好,一扭头,便跟金婷婷打了个照面,金婷婷小脸一红,立马别过脸去,顿了两秒才反应过来,马上朝赵子龙吼了起来:"光头赵,你说谁小火龙,你……你有病是吧!"本来金婷婷是要把"你"很好地衔接下去,但她发现领导姜超还在边上,便硬生生咽了回去。

金婷婷吼完,转身就走,留下接处警大厅里姜超、赵子龙、陈聪等警探与巡逻队员们面面相觑,幸好没有来办事和报警的群众，否则就有好戏看了。

赵子龙是明湖刑侦队里的豪爽一族，他也不计较，嘿嘿一笑就拿上装备包和笔录本，然后过去拍了拍还在发愣的陈聪，留了句"到底是公子哥儿"，便先一步走出了处警大厅，登上了巡逻车。陈聪还没来得及反应，只得跟了上去。

赵子龙，是所里安排给陈聪在刑侦队的领路人，在警队里，这叫"警师制"。意思就是每一个实习刑警必须要有一位经验丰富且品行端正的警探长做"师父"，一般这种甜蜜的关系维持一年，一年后，合格的徒弟便宣告出师，然后拥有独立且正式的执法和侦查资格；如果不合格，那不好意思，只能去技术含量低的部门了。

虽然赵子龙成了陈聪的师父，但陈聪还是喜欢叫赵子龙"赵叔"。

3. 群众无小事

警师制，是大有来头的。你想，组织上从一开始就确定好了新人的培养方向，也会配备对应的师父，师父如果不行，那徒弟能行的估计不多吧。

赵子龙是被所里选作陈聪师父的。一个是因为上头交代了，不求陈聪能出什么成绩，但求他不出什么岔子。以赵子龙老实本分又乡土的性子带陈聪，自然能让大家放心；还有一个就是赵子龙在侦查方面，确实有一手，而且吃苦肯干，在大家眼中是迟早会被提拔为副队的那种人。正好明湖刑侦队副队长的职务也空缺良久，大家都觉得赵子龙是不二人选。

两人上了巡逻车，配上两名没有编制的普通巡逻队员，其中一名是驾驶员（外号"老甲鱼"），一名是随车员（外号"小狼狗"），便组成了一支巡逻小队，类似于香港的"冲锋车"，不过这个不是巡逻时用的普通"冲锋车"，而是一辆刑事巡查用的"侦察车"。在国内，基层刑警的地位不比其他警察高多少，至少和其他警察一样，不管大小刑事案件，都要第一时间到达现场，这就是巡逻车作用的体现，千万别被影视剧给误导了。

车子缓缓发动，驶向了新城最脏乱差的地段，因为只有那些地段，才会有无数的罪恶潜滋暗长。陈聪心里很激动，早已忘了金婷婷那茬，心里只想着赶紧有人报案，最好是杀人放火什么的大案。一般，初入警的人都有这种想法，想要赶紧碰到一个大案子，一来解解好奇，二来马上立功，最好实习期没结束，局领导就亲自上门宣告你已立功或被提拔了。

"指挥中心呼叫明湖3号车！重复！指挥中心呼叫明湖3号车！"

在陈聪纷乱的思绪间，对讲机里就有了动静，而且陈聪确定，指挥中心呼叫的明湖3号车就是自己所处的那辆巡逻车。这种感觉是如此美妙，又让人担忧，美妙的是陈聪终于迎来了人生的第一个警情，担忧的是自己会不会搞砸，会不会在众人面前出洋相。

"3号车收到，请讲。"随车员小狼狗回复道。

"在龙岗新村322号处，发生一起偷盗家禽类案件，报警人称被盗老母鸡一只，请你们火速前往。"

当听到只是被偷一只鸡的小警情的时候，陈聪刚刚还炽热的心,瞬间降到了冰点!完全跟港片里两码事嘛!

"3号车收到!"回复完,看着陈聪的表情变化,小狼狗忍不住笑了一下。

"有什么好笑的,走你!"作为车上的总负责人,赵子龙简单冷静地发号施令。也难怪,被偷一只鸡,谁能不冷静。

"老母鸡?"陈聪疑惑道,极度不情愿地吐出一句话,"这种小事也要咱管吗?"

"小事?"赵子龙听了,似乎有点不舒服,"有些穷苦人家,过年也就杀一只鸡吃吃,其他鸡还要生一年的蛋才有这福气轮到,你管这叫小事?群众事,无小事!"

"我不是这意思,我是说……有没有其他警种管这种事的?"陈聪虽然出生在富贵人家,但本性节俭淳朴,并没有看不起穷人的想法,所以他开始解释。

赵子龙义正辞严道:"被偷了东西就是刑事案件,至于达不达到立案标准那是两码事,就算立不了刑事案件,也可以立治安案件,照样可以把偷东西的贼处理了。"

"在我们赵大探眼里啊,只要是贼,那就不分大小,不管是偷了小鸡还是大鸡,何况这是只老母鸡呢!"驾驶员老甲鱼打趣道。

"对呀,赵大探家里也养着好多只鸡呢,哪像陈公子你家,我们不一样的呀!"随车员小狼狗也边打趣着边捂着嘴笑。

"一边去,一边去,就你俩有本事!"赵子龙虽然被损了,但那也是事实,赵子龙家确实清贫,也习惯了被人调侃。

老甲鱼也知道调侃得有个度,为了调节气氛,就把重心转移到了陈聪身上。"我说陈公子,你家这么有钱,你靠你爸在银行的钱吃利息都吃不完啊,干吗来做警察。警察辛苦,像我是没办法,家里穷,自己成绩又不好,只能做做协警。"

"做警察有什么不好,我从小立志做警察呢。"陈聪一句"从小立志做警察"的回答让旁人无言以对,一般警校刚出来都是这个标准答案,但工作时间久了,经历黑暗和痛苦的打磨,这些孩子可能就知道是立错志了。

陈聪还沉浸在"我有一个梦想"的壮志里,车里的气氛却呈现出了些许的"不和谐",好在巡逻车在短暂的沉默中,已经驶到了报案地点。

4. 母鸡被盗案

巡逻车缓缓停下,四人利索地下了车。这是一个城乡接合部的农民新村,由紧密挨着的独栋农房组成。这些农房被网民戏谑地称为"农民大别野"。只见其中一幢"大别野"的门上写着"龙岗新村 322 号",顺势看去,农房一侧还有一个用稻草堆起来的小草屋,草屋前有一个满头白发、弯腰驼背的老人,正在草堆中翻找着什么。赵子龙断定,此人就是报警的受害人了,于是他赶紧走了过去。

赵子龙轻拍老人的胳膊,凑了上去说:"老师傅,是您报的警吗?"

老人回过头,看到是穿制服的警察,喜忧参半地说:"是我是我,你快过来看看,我家就一只产蛋的老母鸡,跟了我快五年了,我孙女每天的营养全靠它产的蛋,我儿子儿媳出门打工前交代给我了,一定要让娃娃每天都有鸡蛋吃,现在鸡没了,这叫我怎么办啊?"

赵子龙感同身受地点头说:"是是是,鸡咋不见了?您跟我说说。"

老人眼珠一转,斩钉截铁地说:"肯定是被隔壁家老王偷了,他经常有事没事到我家鸡棚前转悠,还跟我说我家的鸡长得真漂亮,你说不是他,会是谁?"

赵子龙点了点头说:"您有证据吗?"

老人不可置信地看着眼前这位老警察,说:"证据?我刚说的不算证据吗?"

赵子龙哭笑不得地说:"这……也算,但不足以定罪啊,这样,我们去找老王问问吧。"

老人忙拉住赵子龙的衣角,神秘兮兮地说:"不用不用,我早去过了,他不在家,肯定是畏罪潜逃了。"除了赵子龙外,所有人都想笑,但是大家都是经过专业训练的,没有笑出来。

赵子龙顿了顿,说:"这样吧,老师傅,我先帮您做个笔录,监控我也马上帮您调。"

老人这才露出了舒心的笑容,说:"好,这才对了,谢谢了。"

说完,赵子龙拿出笔录本,递到陈聪手里,示意陈聪负责做笔录,陈聪表示第一次做笔录,而且"案情重大",非常有压力,赵子龙拍了拍他肩膀,表示这种案件只要按照警校学的,把笔录七要素(何时、何地、何人、何事、何因、何果、何法）写全，就不会有问题的，于是陈聪把笔录本架在左手上，开始边询问老人边做笔录。

赵子龙则用对讲机呼叫了监控室跟进监控，然后命令小狼狗钻进鸡棚勘查，并许诺如果破了案，会把荣誉记在他头上。然后赵子龙命令老甲鱼去周边走访，自己则四处走动观察。

5. 不是鸡的问题

陈聪顺利地做着笔录，他想：其实这也没那么复杂，也就是一些基本的一问一答。他还不忘告知老人作为被害人的权利和义务，想着想着就洋洋得意起来，可这时却被一个问题给卡住了，按惯例要询问损失物品的特征，所以陈聪根据规定必须要问对方被偷的鸡长啥样。

老人也被问倒了，鸡能长啥样？

老人支支吾吾道："嗯……就是老母鸡呀……就是家里养的那种呀……鸡就这样的啊……"陈聪也不知道这种家养老母鸡到底该怎么形容特征，硬是被卡在那里，手心里直冒汗，把笔录纸都弄糊了半片。

幸好这时赵子龙走了过来，了解了情况后，迅速给出了解决方案：这是一只中华田园鸡，外表无异常的老母鸡。于是，这起案件侦查过程中最难的一个环节就这么解决了。

当陈聪做完笔录后，老甲鱼回来了，而且带回了非常重要的情报，老甲鱼在走访过程中发现：隔壁至少还有两户人家在昨天和前天都被偷了鸡，只是大家觉得事小，也不愿麻烦警察，更不愿耽误自己时间，所以都没报警，只有这家报了警。

这时，小狼狗从鸡棚里也钻了出来，他表示：在经过缜密勘查后，发现有四组不同的脚印，去掉老人的脚印，就是说还有另外三个人钻了进去。

"三人三起，串案啊！"赵子龙眼睛一亮，"陈聪，赶紧去把另外两家的笔录也做了，有大案件办了。"

"这是大案件？"陈聪心里打起了鼓，不会吧，只有杀了人才算大案件吧。

"当然了，三人就是团伙，三起就是系列案了，三人三起就是团伙系列案，有十个积分可以拿，如果还有其他案件或嫌疑人，还可以额外加分，不是大案是什么？"

"这么厉害？那抓到了会怎么处理？"陈聪一听有十个积分，一下子打起了精神。

"根据刑法和我省对盗窃案的司法解释，在不同的时段或不同的地段，有三次以上的盗窃行为，不管数额大小，都可以算作犯罪行为，是可以采取刑事强制措施和提起公诉的。"赵子龙耐心地解释。

"犯罪行为就属刑事范畴喽？不是简单的治安拘留了，要吃官司的，对伐？"陈聪马上将自己在警校里学到的知识拿出来"卖弄"。

"废话，亏你还是警校毕业的。"

"可是，就是偷了几只鸡就吃官司，这也太可怜了吧？"

"这是鸡的问题吗？"

"不是。"

"那还那么多废话干吗？"

"哦。"

这种行为确实违反了法律，对于赵子龙来说，法律就是一切，法律武器就是他这一辈子吃饭的唯一家伙，他对法律深信不疑。不单是赵子龙，警察都是如此。而对于陈聪来讲，他家的一瓶酒就够买上百只鸡了，而且他从不把损失一瓶酒放在心上，何况只是几只鸡。

通过视频侦查，很快就抓到了隔壁村过来的几个小毛贼，审查也相当顺利，原来是三个工地打工的，住同一个宿舍，想要改善一下伙食，但平时打牌都输光了钱，就每天去边上的村子偷家禽回去下酒，总共偷了十多户人家二十几只家禽，案值总估价一千多元，没有达到省里三千元的盗窃罪入刑标准，但是达到了赵子龙所说的不同时间段或不同地段三次以上的盗窃行为，所以是可以进行刑事强制措施的。但念及他们所为社会危害小，最后新城公安局没有对三人采取刑事拘留措施，而是每人交了一千元保证金取保候审。

对陈聪这种新手来说，办这种简单案件是了解办案流程的最佳捷径，而且这个案件办得相当圆满，最终包工头把农户们损失的钱都垫付了，老人也用这些钱去买了几只小鸡，打算把它们都培育成下蛋的老母鸡。

最后赵子龙探组也因为这起案件在队内的积分排名一下子从最后一名蹿升到了第一名。在警探们的眼里，破获案情越复杂、涉案人数越多的刑事案件就是他们打江山的法宝。

陈聪喜滋滋的，这是他入警以来，办的第一桩案子。

6. 一封匿名信

金碧辉煌的陈家府邸，大家都称作陈宅，坐落于新城的南区，连着绿地、室外游泳池和独立车库，占地面积足足有五百平方米。

自那晚家宴之后，陈聪一直思量着那封信到底是谁寄来的；为什么是一九八五年，为什么自己对小时候的事情印象是那么模糊；为什么自己的身份证上的出生年份是一九九一年。这些问题像吐着信子的毒蛇，满眼透着狡黠的光芒，直愣愣地盯着陈聪。

"儿子啊，在所里还习惯吗？"贾珍围着白底红花的围裙，从厨房端出一盆香气逼人的红烧肉，"来，妈妈做了你最爱吃的。工作辛苦了吧！"这个精致漂亮的女人，哪里像是陈聪的母亲，倒像是一位能干贤惠的姐姐。

陈聪很是想不通，母亲分明是一个家庭妇女，一个外人嘴里的"老板娘"，除了美容院就是美容院，大门不出二门不迈,也不喜欢社交,在新城这么多年,似乎也没有什么要好的朋友,一切都以父亲陈坚为重,可又好像洞察一切,每次股票升跌,招标投标,总是母亲拿的主意。更令他诧异的是,从自己懂事起,母亲总会每隔一个月出差半个月,还不知道去了哪里。

"妈,我有个问题想问您。"过了这么多年被秘密包围的生活,陈聪有点按捺不住心中的疑虑,"您每次出差,都去了哪里啊?"陈聪的表情似乎是很认真的,似乎又只是在开玩笑。

贾珍端着红烧肉的手,微微颤动了一下,"不就是家里的生意嘛。妈妈能去哪里啊,瞧你这问题问的。"

陈聪端坐在餐桌前,夹起一块红烧肉,送入嘴里,有意无意地搭话道:"那么,为什么不说地点呢?这么多年了,您不会是背着爸爸约会去了吧?呵呵!"餐厅弥漫着红烧肉浓郁的香叶的气味,也弥漫着陈聪干笑的声音。

听说,红烧肉有很多种烧法,比如用香叶,就是一种。配以桂皮、八角、陈皮,再加入酱油、老姜和冰糖,极适合江南人偏甜的口味,也像细腻的江南女子,笑带梨涡,身姿婀娜,漫步在青石板上,发出滴滴答答的声响,总能激起男人内心的悸动。但陈聪不交女朋友,这是陈坚最头大的事情,也是最操心的事情,到了适婚年龄,儿子却似乎对婚姻没有任何打算,看着自己渐白的鬓发,陈坚有苦难言。

明湖派出所里,周萍推搡着金婷婷,"你是不是真的喜欢陈公子啊?高富帅,符合你所有的标准,是不是?"周萍笑得花枝乱颤,"可惜我是已婚人士了,要不然……"

金婷婷羞涩一笑,"哪有,哪有,你们家老王对你不要太贴心噢,每月上交工资,每周陪你看一场电影,约一次会,仪式感足足的,我们羡慕还来不及呢!"

"丫头片子,取笑我是不是?"周萍抄起手边的文件夹,作势要往婷婷身上打去。

"臭小子,有这么说你老妈的吗?"贾珍假装动气,背过身去,拿水果,心里却打起了鼓,这么多年,陈聪从未问过自己的去向,从来是一个听长辈话的孩子,怎么突然关心起自己的行踪来了?

陈聪依旧笑得让人看不透,答:"好了,好了,不问了,不问了,您赶紧吃饭吧,做菜累了吧?"不可否认,这么多年,陈聪的生活,从来衣食无忧,念的是最好的学校,玩的是最好的玩具,有些人奋斗了一辈子都没有得到的财富和地位,他从懂事起,就已经都有了。

这,都得感谢他有这样一位声望和财富兼备的父亲。

7. 劳碌的工作

六月的天,闷热,令人烦躁。知了趴在树干上,动弹不得,只发出孱弱的呻吟。

又是一个夏季,距离母鸡被盗案已经三个月,陈聪越来越适应明湖派出所里的生活,也开始跟着大部队出差办案。

距离出发到现在,已经整整二十四个小时,姜超敲敲自己已经麻木的大腿,打开布满灰尘污垢的窗户,挂着1029车牌的警车慢慢行进在四川境内。副驾驶位子上的陈聪,已经沉沉地睡去,浓密的睫毛,竟然美得像婴儿,让人动容。

这个含着金汤匙出生的公子哥,哪里吃过这样的苦。第一次出来办案,就经历了整整一天一夜,不眠不休,身上的衣服被汗水浸透了又干,干了又湿,满脸灰尘,一路奔跑。姜超于心不忍,抽出外套,轻轻一甩,搭在了陈聪的身上，倒一下子把他惊醒了，原本清瘦的脸庞在连日的疲惫里，更显憔悴，"超哥，换我来开车吧。"

姜超没想到，这小子虽然比自己年轻十几岁，第一次出差这么远来办案，竟然没有吭一声苦。姜超一手拧开矿泉水盖子，"咕咚咕咚"地灌了满肚子的水，深深地舒了一口大气，"行！"

"超哥，你干刑侦多少年了啊？"陈聪将袖子一撸，放下手刹，踩下油门，平稳往前驶去。

看着车子稳步前行，姜超这才将座椅往后调了调，"这个嘛，说来话长，我原来是在塑料五金厂里上班的，后来考的警察，干刑侦的时间也不久，大概六年吧。当时迫于生计，觉得公务员好，待遇好，能改善家里的生活，我是家里的老大，还有个妹妹。谁想，一干公安，家里的事情，倒是顾不上了。"姜超的思绪飞得有些远，目光直直地盯着车的前窗。

还记得那一次执行任务，在中医院，姜超跟兄弟们为了抓捕一个嫌疑人，直接把人按倒在地上，却不小心撞到了一个女人，只见女人一手拿着病历卡和塑料袋，塑料袋里清晰可见的是999感冒灵颗粒、头孢、止咳糖浆等，而另一手则拿着吊瓶，顺着吊瓶的输液管，姜超看见了那双熟悉、明亮的大眼睛，不是别人，正是自己的女儿晶晶，而拿着吊瓶的女人竟然是孩子的班主任唐微微老师。

"爸爸,爸爸!"读二年级的晶晶,声音如山间的清泉,叮叮咚咚,却夹杂着明显的鼻音,一双眼睛更是在看到爸爸时忽而闪亮起来,"爸爸,你去哪里了,我都一个礼拜没看见你了。"

唐老师这才注意到这个身穿黑色夹克,头发有些乱糟糟,带着一些胡茬的男人,"晶晶,这是你爸爸吗?"

孩子一手牵住了姜超宽大的手,自豪地说:"是的,唐老师,这是我爸爸,他是警察!"

唐老师微微一笑,略有些埋怨:"您跟云妍也真是的,工作再忙,也要顾着点孩子啊,晶晶最近成绩有些下滑,而且上课老是打哈欠。"原来,唐老师跟晶晶的妈妈云妍是高中同学,早知道云妍已经结婚,却从未见过这个同学传说中的老公。

"是是是,唐老师,麻烦您了,我们实在是……"话还没说完,同行的几个便衣警察便喊了过来:"队长!接下来怎么办?"

姜超轻拍孩子手背,转向唐老师,"麻烦老师了,我在执行任务,不能多说了。谢谢老师!"话还没说完,姜超便转向嫌疑人,带着一群人走出了医院,留下唐微微无奈地摇着头。

"爸爸总是这么忙的。"孩子的目光在父亲转身离去的一瞬间，暗淡了下来，又似在喃喃自语，"可是，我还是最喜欢爸爸。"唐老师轻轻揽住孩子稚嫩的肩膀，原本是想给晶晶爸爸打电话的，但是没有号码，而晶晶妈妈的电话又不在线，摸着孩子滚烫的额头，唐老师这才跟同事换了班，送孩子来医院。

"老师"这个词，在很多孩子的心里，意味着深重。

"孩子"这个词，在很多老师的心里，意味着怜爱。

8. 爸爸在哪儿

回到学校,几个小朋友围着晶晶,你一言我一语的,
"晶晶肯定没有爸爸,从来没有见过她爸爸。"
"是的,是的,还说自己爸爸是警察,羞羞羞!"
"不然生病怎么会没有爸爸陪呢?"
"晶晶是个说谎话的孩子!"
孩子们一致认定,晶晶没有爸爸。

晶晶一开始还一个一个地解释,后来眼泪就像小豆子在眼眶里滚来滚去,之后便如开了的水龙头,稀里哗啦,一股脑儿地往下倾泻,眼泪、鼻涕、汗水,都混在了一起,满是辛酸的气息,孩子声嘶力竭道:"我有爸爸,我有爸爸的!我真的有爸爸啊!"

唐老师接到小朋友的报告,忙把聚拢的孩子们分开,将晶晶带到了办公室,给孩子仔细地清洗了脸庞,那哭过的涨红了的脸庞,像一只熟透了的苹果,"老师,您见过

的，我有爸爸的。"孩子还在委屈地哽咽着。

"是是是，老师见过，晶晶没有说谎。"唐老师安抚着孩子小小的情绪，看着刚打完吊针的小手，满是心疼，拿出一根棒棒糖，"来，晶晶是懂事的孩子，爸爸太忙，所以没有陪晶晶看病，对不对？"

孩子用力咬着嘴唇，不言语，坚定的小眼神里，透出一股深深的失望，"可是，爸爸一直不在家，我也不知道爸爸一直在哪里。"

成人的世界，复杂而井井有条；孩子的世界，简单而干干净净。在孩子眼里，陪伴就是爱，糖果就是爱。唐老师竟然找不到一条心理学的准则来释解孩子心中的失望，她不能说"因为爸爸是人民警察，需要随时随地待命"，也不能说"这是一种职业精神和职责需要"，所以唐老师只能轻轻拥着孩子，用自己的温柔和温暖告诉孩子，其实我们都爱你，而且很爱。

"对不起，微微，我刚下飞机。"办公室的门被一位身着空姐制服的女人推开了，"刚从美国飞回来，晶晶怎么了？一打开手机就看到你的信息了。"

孩子一见到妈妈，眼泪奔涌而出，"呜哇"一声，便径直扑进了母亲的怀里。

"没事，没事。"唐老师拉开身边的一张椅子，看着风尘仆仆的老同学，想想也是着实不易。当年两人一起读高中,一起读大学,唐微微选择了教师行业,而章云妍选择了空乘。不同的职业选择,造就了两个人完全不同的生活轨道,直到晶晶在自己班里上学,唐微微才知道原来那是老同学的孩子。

有种相遇,时隔多年,余波还是会泛起青春闪亮的涟漪,那是一个时代的记忆,只是我们都已经回不去。

陈聪和姜超还在四川,在蹲守了将近八个小时后,终于见到了传说中的"危险犯罪嫌疑人":一个斯斯文文的孕妇,身着白色T恤,戴着黑边眼镜,身材小巧,挺着大大的肚子。

没费吹灰之力,新城县的警察就控制了这名犯罪嫌疑人。

9. 要警察干吗

"我说你们警察是干什么的呀？"一位年近八十的老婆婆，拄着拐杖，对赵子龙埋怨道，"穿着制服，吃国家的饭，不做事的吗？我家里真的有小偷，我的两条被子都不见了！说了多久了，你们就是不办。"

赵子龙分明是搞刑侦的，这会儿可好，干起社区民警的活了。所谓社区民警，就是分管一两个社区的民警，负责社区治安，为人民群众排忧解难。这位年近八十的老婆婆叫川娣，是一位独居老人，子女都已经移居国外。据说，老人舍不得这一方故土，硬是不肯走，虽然请了保姆，但老人还是坚持一个人住，坚决不要别人服侍，固执的个性可见一斑。她来明湖派出所门口也不是一天两天了，为的是同一桩案件，那就是"两条被子被偷了"。

不少民警接到川娣的报案，都是捂着嘴笑，都知道这是位有点老年痴呆，讲话颠三倒四的老人家。

赵子龙却认认真真地拉着老婆婆坐了下来,"不急,您慢慢说。被子是什么颜色的?什么时候发现被偷的?"

警察这样的态度,阿婆一下子倒不习惯了,她放下拐杖,一点一点回忆起来:"噢,是这样的,我的两条被子是红色花面的,那是我出嫁时,我娘家给我的嫁妆,是绸缎的,那时候买可不便宜。我娘家那时候啊,有钱,我也是大户人家的小姐。后来呀……"老婆婆的故事讲得很久远,一直讲到了一九八五年。

"来,阿婆,喝口水再说。"一旁跟陈聪差不多时间入警的郭敬,听着这些久远的历史,竟然产生了浓厚的兴趣。

阿婆看看小郭,笑道:"那会儿,你还没出生吧,孩子?"

小郭点头道:"是的,是的,阿婆,我一九九〇年出生的。"

"可不!"老婆婆一拍大腿,"那年啊,出事了,出事了啊!我儿子出事了!这臭小子,养了他这么多年,好不容易出山了,好不容易光耀祖宗了,这个杀千刀的,竟然干起了卖国的行当。卖国啊,要被多少人口水淹死啊,真是白养了!"阿婆越说越激动,颤动的双手青筋凸起。

赵子龙看老人家情绪不对,忙握住老人家的手,"您这不是还要找偷被子的贼吗?走,带我去瞧瞧吧,警察最会抓贼了呀！"

"那是的，你说得倒是有理，那么，咱们走吧。"老人这才慢慢平复情绪，弯下腰缓缓捡起拐杖，颤颤巍巍地站了起来，也不知道刚刚说的那些是别人的儿子，还是自己的儿子，是别人的故事，还是自己的故事。

陈聪看着办公桌上丰盛的早餐，环顾四周，

"谁啊？谁把早餐放错地方了吧？"

周萍捧着文件夹正好路过，神秘兮兮道："小伙子，艳福不浅哦！"

"周姐，你知道谁放的啊？"陈聪满脸狐疑地问。

周萍轻轻凑近，满脸神秘地说："你想想，咱们所里，谁最中意你？"说完便笑着离开了，只剩下陈聪满脸迷茫。自己光顾着做事，哪里知道哪个姑娘中意自己。

都说男追女隔层山，女追男隔层纱，照理来讲，是很简单的事情，金婷婷怎么都想不通，自己都已经送了一个月的早餐了，陈聪的脸，还像一座冰山，对谁都是一样的表情。

10. 帮阿婆捉鬼

"阿婆,您看,这里没有洞,小偷肯定进不来的。"

赵子龙搬开昏暗、潮湿的房间角落里,一个陈旧古老的衣橱,衣橱是绛红色的,但上面的油漆在岁月的长河里,已经被侵蚀得一层一层剥落了,一块块木头的材质,一下子裸露了出来,放眼看去,坑坑洼洼的,像乡下不平整的泥路,在大雨冲刷后凹凸不平,又像是情窦初开的少年脸上,痘痘剥落后的小坑。

"不对呀,我明明看见人影在我房间里的呀。"阿婆不依不饶,"啊呀,被子怎么又在床上了呀,这不是我的两条被子吗?"

小郭听了阿婆的话瘆得慌,拉拉赵子龙的衣袖,"赵叔,这不会是有鬼吧?"

赵子龙抖了抖衣袖,"说什么呢!"转向阿婆,"阿婆,你来说说,你什么时候看见黑影的呀?"

阿婆指着那个绛红色的衣橱，只见左边是一排四行的老式抽屉，右边却嵌着一面亮堂堂、明晃晃的镜子，在阳光的反射下，投出一束束光，照在地上，当人走到镜子斜对面四十五度的时候，就能看到正对床的反光里有黑色的人影，赵子龙深谙在心，悄悄对阿婆说："您说得对，被子一定是小偷进来偷走的，今天警察来了，你看，一下子就还回来了。我们帮您把洞堵上，以后小偷就进不来了。您看，这样行不行？"

"好的呀，"阿婆神秘兮兮地跟赵子龙说，"我估计这小偷啊，不是人，是鬼。"

小郭看着阿婆神神叨叨的样子，又身处昏暗潮湿的房间，一下子竖直了汗毛，整个人打了个冷战，心想着，好好的破案工作放着不干，硬是要来这里跟一个几乎是老年痴呆的老婆婆较劲，也不知道这个赵子龙是怎么了，于是不情愿地喊道："赵叔，赵叔，你赶紧说，怎么弄吧！"

在赵子龙的指挥下，小郭把衣橱上的那面镜子，小心翼翼地拆了下来，没有了正对着床的镜子，没有了反光后的黑影，一下子觉得轻松自在了许多。阿婆也东瞅瞅西看看，满意地点了点头，似在回应警察的能干，又似在自言自语："这样就对了，还是有人理我这老太婆的呢！"

11. 挪用公款案

明湖派出所,审讯室里。派出所所长张平良亲自审讯由姜超、陈聪等警员耗时四天三夜,远赴四川境内逮捕的犯罪嫌疑人李虹。李虹是新城县林关村人,供职于新城一家律师事务所,其老公是四川成都一家上市公司的会计,两个人相识于大学,均受过良好的高等教育。

"说说具体的过程吧。"张所英气的脸上,看不出一点愠怒,却满是威严。

周萍将一杯温开水放到李虹手里,看着面前的女人斯文瘦弱的模样,实在跟所里传闻的"危险犯罪嫌疑人"对不上号。

"我……"女人的声音柔美、温和,没有一丝烦躁,"我们,只是为了生活。"

生活,这个词太意味深长了,周萍想,自己跟老公也是大学相识,一起考了公务员,自己进了警队,而老公进了税务机关,每个月拿着说多不多、说少不少的工资,也勉强维持着生活。或许真的是对这一身制服的崇敬,才支撑了自己这么多年在警队的生活,家里面全是老公操持着,所有家务都是老公做的,孩子的课业也是老公检查的,周萍想,倘若没遇到老王,自己的人生,不知道会走到怎样糟糕的境地。

周萍想起自己喜欢的一位谍战剧作家——海飞在他的作品《麻雀》里写了这么一段话:唯有祖国和信仰不可辜负,说的就是这样一种职业精神吧。周萍不知道是不是,但是没有信仰,是万万熬不过去这些年岁的。但是,很多人走到最后,都辜负了最初的信仰。所以,金婷婷说羡慕自己,是有道理的,女人,遇到一个对自己好到骨子里的男人是多么幸福的事,而老王,就是这样的男人。

李虹看着这间十平方米的小房子,看着几盏简单的白炽光台灯,看着张所威严的气势,看着周萍同情的目光,如果自己没有走上这条犯罪的道路,兴许,她们可以坐在酒店的饭桌上,一起喝杯酒,交个朋友,谈谈人生,聊聊琐碎。可是现在,是这样的一个明显的对立,一前一后,一正一邪,一个是被人唾弃的犯罪嫌疑人,一个是闪动着正义光芒的女警,同样是女人,却是不一样的立场和社会身份。

"我老公是会计,精于计算;而我,是律师,深知法律。"李虹欲言又止,"所以……我知道怎么让我老公贪污公款,而做到不留痕迹,前前后后,总共有……两千万吧……"李虹舒了口气,似放下了千斤重担,实际上,这件事,压在心头,已经让她寝食难安许久,总担心被抓,而到了那天,反而一切释怀了,这是多少犯罪分子共同的心理。

"为什么要这么做?"张所见多了形色各异的案件,并没有在听到"两千万"的时候,有任何动容。周萍想着,今天张所是怎么了,既然嫌疑人已经交代了作案的事实,为什么还要去问这些有的没的呢。

李虹抬头看了看周萍脸上惊愕的表情,继续说道:"我跟我老公大学毕业后,为了生计,我留在了新城,他回到了老家工作,两地分居倒是其次,微薄的薪水,根本负担不起我们买房定居的希望。"

李虹轻声补了一句:"近两年,新城的房价涨得跟疯了一样,我们好不容易攒起来的积蓄,现在连首付都付不了。"

"所以,你们就动歪念了?"周萍略显惋惜,"唉,亏你还是学法律的呀,怎么就……"

李虹叹了口气,摸了摸自己的肚子,"这日子,大人怎么都是可以过得下去的,可是,孩子怎么办,起跑线都还没站上去,难道就让他输了?我不能……"

现实，有时候，冰冷得让人窒息。

张所的眼神里，有刹那间的柔情，只一闪，又恢复肃穆的神情。周萍也开始明白，张所是为了让她把心里的委屈全部倾吐出来。这个铁血柔情、儒雅刚毅的男人，是很多年轻民警们的偶像。

12. 被逼去相亲

"朱叔叔家的女儿,在纪委工作,人长得也水灵,跟你的职业也相当。"陈坚试探性地看着正在打游戏的儿子,"要不,明晚见个面?"

陈聪并没有拒绝,也没有答应,"爸,你什么时候也干起媒婆的行当了?你就这么急着要把你儿子推出去啊?"

陈坚点起一支烟,深吸一口,"结婚……你如果觉得还早,也没问题,那么,女朋友,总是要谈的吧?"

陈坚的小心翼翼,让陈聪更为不自在,明明是父子,陈坚却像供养着太子一样,事事都不会勉强他;作为儿子,陈聪宁可父亲强势地要求自己做什么,甚至说"这个女孩子就是你的未婚妻了!"。

可是,过分的民主,让陈聪一直都觉得自己像个外人。而那封没有署名的匿名信,分明提到了自己的身世,最让陈聪百思不得其解的是：如果自己真如信中所说，并非陈坚和贾珍的亲生儿子，那么他们为什么不生自己的孩子呢？为什么要一生都抚养一个别人家的孩子呢？这封信背后到底隐藏了什么秘密呢？自己的亲生父母究竟是谁？

"你不说话，我就当你答应了哦。"陈坚会心一笑，起码他是不排斥的。

陈聪起身，思绪并没有停留在这件事上，"随便吧。"

另一边，新城县纪委书记朱林的女儿朱悠悠，嘟囔道："爸，能不能不要一天到晚给我介绍对象啊？你介绍的那些，要么是官二代，要么是富二代，恶俗得不得了。"

朱林看着宝贝女儿，说："哎呀，我的大小姐啊，你可真是身在福中不知福啊，要不是你老爸坐在这个位子上，你还接触不到那些年轻人呢！"

"行行行，明晚又要我去见哪路大神啊？"悠悠不情不愿地调侃道，"先说好啊，长得丑就算了啊，我怕恶心到我。"

"你这孩子，怎么说话的！陈总家的儿子，我是见过的，相貌人品都是一流的，就是……不怎么像他爸妈的性格，性子比较文静……文静好啊，你这么闹腾，家里已经够热闹了，是吧？"朱书记是这么打算的，退休前要帮自己的宝贝女儿谋一个好的前程，找一个合适的婆家。纵观新城县，也只有陈家，才入得了朱书记的法眼。

话音未落，就看见了悠悠怒目圆睁的样子，"啥！说谁闹腾！说谁！"

"我，我，我，肯定是爸爸我，对不对，怎么能是你呢，我的朱大小姐！"朱林一脸求饶的样子，像极了"女儿奴"。而就在下午，朱书记还满脸威严地在全市反腐倡廉整治大会上，三令五申地要求各单位各部门坚决执行中央八项规定，杜绝腐败。

而在明湖派出所里的李虹，已经交代了整个案件的来龙去脉，当被带出明湖派出所的时候，周萍将自己的外套轻轻披在了她的身上，这个女人，和自己虽然只有短短的十几天的相识，周萍却有强烈的想要帮她的心情，也许这就是感同身受吧——同样感受到生活的不易，每个人的不易。

或许，这就是最大的善意，而善意，与她是不是警察，与她是不是犯罪嫌疑人，没有任何关系。

13. 一见会钟情

"反正,我就是很喜欢他啊,我也不知道为什么喜欢他。"金婷婷懊恼地看着周萍,"怎么办呢,周姐?"自从喜欢上陈聪,金婷婷觉得自己从小火龙变成了一只小绵羊,再也不是那个最初的暴脾气了。

周萍爱莫能助地双手一摊,"我实在帮不了你呀,感情这种事……"

其实,周萍是这样想的,一见钟情这件事,应该是有前提的。比如说金婷婷,还没遇到陈聪之前就设定好了自己未来一半的模样和标准:一定要帅的,因为她金婷婷本身也是个美女,人家说夫妻相,起码不要差太多;再者,一定是富有的,这种富有就是物质的。当然,这是相当一部分女孩子的爱情观,甚至婚姻观。

这么一桩案件浮现在周萍眼前,讲的是前几日一个男人开着豪车,伪装成富二代骗财骗色,而且屡试不爽。让人震惊和惋惜的同时，也似乎在说明一种病态的爱情观已经形成。

悠悠看着眼前干净、清瘦的男生，穿着简单的黑色T恤，浑身上下除了一只大圆盘的手表外，并无一件拖沓的饰品，心里竟然泛起了莫名的波澜，"你好，我是朱悠悠。"

如果把女孩子划分为几种风的形态，那么，悠悠就是属于那种龙卷风类型的，迅疾、猛烈；如果将女孩子划分为几种酒，那么，悠悠一定是那种白酒，烈得让人咋舌。虽然在纪委工作，因为顶着朱书记女儿的名号，大家还是忌惮和礼让三分的。因而，这个龙卷风的覆盖面更加广泛了，白酒的烈，也总是时不时就蔓延在整座县政府大楼里。

"哦，你好。"陈聪依旧摆弄着手机，"我还不想结婚。"

刚刚的好感，掀起的波澜，被这么一句突如其来的生硬话，活生生弹了回来。悠悠哪里是省油的灯，"你的意思是，我不是你喜欢的类型吗？"

陈聪明显感觉到对面传来的满满的敌意和愤怒，这才退出王者荣耀的游戏，抬眼，笃定地盯着悠悠，"不然呢？你觉得应该要一见钟情吗？"

向来是朱大小姐挑人，而眼前这个臭小子，竟然拽得那么不动声色，还那么自然，他难道真的对自己一点兴趣都没有？女人有时候和男人一样，越是得不到，越是心里痒痒的。

金婷婷还在看着那个拐角处的办公室发呆，周萍用手在她面前挥了挥，"好了呀，我的傻宝宝，今天人家休息，没来上班好吗。"

"不上班，他会在干吗呢？会不会跟女孩子约会去了？"一想起自己喜欢的男生这会儿可能正和另外一个女孩子看电影、吃饭，甚至牵手、逛街，真叫人抓狂。

小郭已经在值班室坐了一天一夜，接到的报警，除了是谁的电瓶车被偷了以外，还有就是谁家的狗走丢了。

嗨！这年头，警察干起了寻狗的勾当。

小郭摸摸口袋里安静的手机，想起自己的女朋友，一丝愧疚涌上心头。

14. 移居在国外

"阿婆,最近怎么样,被子没有被偷吧?"

自从赵子龙帮川娣阿婆把衣橱上的镜子拿走后,阿婆每天都乐呵呵的,逢人就夸:"你们不知道啊,明湖派出所的警察啊,那是神了,连鬼都捉得到。"

川娣笑得合不拢嘴,那松动的肌肉,一抽一搐的,就像是被打断了骨头,还连着筋的肉,一张一弛的,很有节奏感,"没有,没有,一直都在,你可比我儿子还神!"

赵子龙扶着阿婆,触到了老人瘦削的骨骼,就像是秋冬的枯木,瑟缩在冷风中,随时有被折断的可能,而这种折断后的破碎,又不是枝杈分明的果决,甚至只是一把粉末,随你一扬手,就吹散在风中。赵子龙想起自己的老母亲,如果还在世上,也该是这样的年纪,这样的瑟缩和颤抖了,想到这里,便不自觉地扶住了老人的胳膊。

"小赵呀,你知道哇,我儿子原来也是警察呀!"阿婆又似在喃喃自语,"他穿军装回来的第一次,我记得是冬天,那天阳光是暖得不得了,他就站在小区的门口看着我,那模样子,呱呱叫呐!"

赵子龙并没细听老人说话,只是有一句没一句地接道:"那,后来呢?"

"后来啊……不知道什么原因,他跟我说要去国外了。哦……对了,走之前还把一包东西交给我了,说是无价之宝,以后他不在了,这包东西可以保我一世富贵。我才不需要什么无价之宝呢,都是一只脚踏进坟墓的人,要富贵做什么。唉,那包东西在哪里呢?你瞧我这老糊涂……我怎么就想不起来了呢。"老人嘀嘀咕咕,赵子龙又想起那两条被子的事情,也就莞尔了,到了这个年纪,有点老年痴呆也是正常的。

姜超"啪"的一声,将一份文件扔到陈聪的办公桌上,"小聪,你要的资料。"

陈聪忙起身,"谢谢超哥!你可真是我大哥,我找了这么久,都没找到的材料,你一天就找到了啊,到底是刑侦队长!"

一九八五年,国安部,美国,间谍,这些词汇之间到底有什么联系?为什么那封躺在爸爸书房里的信件,反复在重申这些问题?陈聪发誓,一定要把事情弄清楚,起码要知道自己到底是谁。

"话说回来,你要这段时间的材料干吗呀?"姜超掰着手指算来,一九八五年,自己也才十来岁,对整个新城县的印象都停留在孩提时候的玩闹,也并不记得有什么轰动的社会事件,更不用说明湖派出所的事情了,自己更是想都没想过要做警察。老师还在课堂上,问着孩子们一样的问题:"你长大了想做什么呀?"

我们都曾以这个问题为信仰,而且信仰了很久,那时候的我们,何其笃定。

陈聪眉头紧锁,深邃的眼眸里,这个外人眼里的"公子哥",透出跟"九〇后"极不相符的成熟,"没事,超哥,我就是想了解下,一九八五年这段时期,关于公安,关于警察的历史。"

赵子龙眉头一抬,"一九八五年,你小子都还没出生吧?"

"是的,赵叔。"陈聪眼睛猛一睁,唉,那段时间,赵子龙肯定已经入职了呀,一想到这里,抑制不住的欣喜洋溢在这张年轻帅气的脸庞上,"赵叔,您给我讲讲吧。"

赵子龙看看一脸迷茫的姜超和满怀期待的陈聪,倒了杯水在那只满是茶垢的杯子里,岁月的侵蚀,就如这些茶垢,一点一点深积,积到后来就变得面目全非。

长者的话要听。

15. 新城李公子

"爸,我妈几天不见人了,去哪儿了?"

在连续加了两天班后,陈聪拖着疲惫的身体,回到了富丽堂皇的家。

很多朋友不理解陈聪的选择,比如他最好的朋友李文兵。李文兵是新城县出了名的花花公子,每天开的是兰博基尼,出入的是娱乐歌厅,女朋友如衣服般,每天一换,绝不重复,偶尔心血来潮,早晚还要各换一套。

都说物以类聚,人以群分,陈聪与他相识近二十年,却是截然不同的性格。起码在恋情上,一个是极为自律谨慎,而另一个是波涛汹涌。李文兵每次看着陈聪脱下警服,一起喝酒时,总是忍不住吐槽:"我真的是一点都看不懂你的精神追求,你到底要什么啊?"

陈聪也总是沉默一笑,偶尔蹦出一句:"你知道三条活下去的理由吗？"

李文兵哪是他的对手，"啥呀？"

"因为六条被杠没了呀，哈哈哈……哈哈哈……"只剩下他干冷的笑。

这个让人捉摸不透的男人。

陈坚闪躲的眼神，支支吾吾道："哦……出差，出差去了。"

"爸……"陈聪回归平静的脸上，看到一丝情绪，"我想跟您好好谈谈。这么多年，我总觉得你们有什么秘密是瞒着我的，可是我一直压抑着没问，所以……"

"要不，等你妈回来再说？"陈坚虽然是这么大企业的掌舵人，但实际上骨子里性情温和，尤其是对陈聪，几乎从来没严厉过，这与其说是一种宠溺，不如说是一种忌惮，这种忌惮似乎是有很深的渊源，因为，陈聪知道，面前这个成功的商人父亲，曾经当过兵，摸过枪，那英气逼人、气势威武的模样，至今仍躺在那本陈旧的相册里。

"我就想跟您谈。"陈聪似乎已经断定父亲对自己的顾忌，于是更加肆无忌惮地开门见山。

书房里，古老的座钟，正发出叮叮当当的浑厚的声音，让人有身处时空交界处的错觉。

陈聪坚定的眼神，似乎没有让人说谎的余地，"爸，我到底是不是你们亲生的？"陈坚也觉察到一些事情，已经瞒不住，于是缓缓道出了过往的一些事。当然，这段过往的真相还是被覆盖了一层薄纱，这是当时就与贾珍约定好的说法。

一九八五年，陈坚还是一名国安的警察，被派遣到国外追查一名逃犯。在执行任务的过程中，战友为救自己而牺牲，所以，陈聪是战友的后代，也是他陈坚生死兄弟的后代。之后，陈坚离开警察岗位，开始经商，白手起家，这中间的艰辛可想而知。

故事情节略显跌宕，但还是被叙述得合情合理，陈聪竟然波澜不惊，似乎一切都早已在他的意料之中，但又分明觉得有很多点是衔接不上的，"那么，为什么，你们不生自己的孩子呢？"

"这……我是愧对你父亲，所以，希望后半生都是赎罪的。"

"那么，我亲生父亲叫什么名字？我母亲呢？我的其他亲人呢？这么多年，难道没有人找过我吗？"陈聪的情绪开始波动，一想起自己二十几年都不曾谋面过，却血脉相连的那些亲人，谁能不动容。

陈坚深重地呼出了一口气，"孩子，我自问这么多年待你如亲生，几乎把所有的精力和爱，都给了你。所以……你就不要多问了吧……"

16. 身世初调查

　　翻看着姜超之前送来的文件，陈聪的心里打起了鼓，即便知道了一九八五年，国安部发生了什么事，他还是查不出自己的亲生父亲是谁，陈坚明显在隐瞒当年的这件事，而母亲贾珍已经连续一个月没见到面，那封匿名信又是谁写的，对方分明知道自己的所有过往。

　　这些都形成了一个一个的结，连接而成的一张大大的网，将陈聪团团包围了起来，就像被罪犯的手掐住了喉咙，使他透不过气来。

　　金婷婷还在坚持不懈地送着早点，女人的傻，有时候让人觉得执着且愚蠢，张爱玲说："喜欢一个人，就是为他低到了尘埃里。"

　　陈聪想，自己若不是背负这么多，或许真的可以跟一个好女孩谈一段风花雪月的恋爱，生一个可爱的女儿，带着她跑步，滑雪，看山，看海，看夕阳，这些幸福是那么近在咫尺，却又远在天涯。我们有时候会为自己编织一张网，然后钻进去，安逸地等死，全然不顾在网边正奋力拉扯着的人们。

"陈警官，接到一个报案，张所要你负责这起案件。"小郭将一叠资料交到陈聪的手上，虽然大家都是入职不久的新警察，但是很明显，陈聪在明湖派出所的"地位"，比小郭高得多。

"好的，好的，谢谢！"陈聪翻开资料，发现是一起内衣焚烧案，就在川娣阿婆居住的朝阳小区。这个小区已经有许多妇女报警，说自己的内衣晾在阳台上，第二天就不翼而飞了，怎么找都找不到。

陈聪请教了赵子龙后，把犯罪嫌疑人列为"心理变态"，于是结合朝阳小区的实际情况，开始走访。

"大婶，你好，最近小区里有没有陌生人出入呀？"

"大伯，您平时晚上几点睡觉的呀？"

在和朝阳小区的居民们聊天的过程中，陈聪发现，这里才是一本生活的百科全书啊！住在3幢2单元的那个林先生，是出了名的孝子，每天早上五点钟起来，煮粥、煲汤，给他那位住在老年公寓的娘送去早点，然后匆匆忙忙赶回来，送儿子去学校；住在4幢1单元的李老师，夜里十一二点大多人家已经熄灯入睡了，她家书房的灯还亮着，在伏案备课；还有住在7幢3单元的彭画家，每天大门不出二门不迈,长年累月在家作画,据说他的画作已经卖到了两万一平方尺的高价。

陈聪莞尔,当然还有那住在底楼潮湿阴暗的川娣阿婆,每个人都沿着自己的轨迹生活,或者忙碌,或者清闲,或者功利,或者淡泊;但是,看上去大家都很正常,按部就班,各司其职。到底是谁偷了女人们的内衣呢?陈聪在赵子龙的帮助下,制订了一个方案:在朝阳小区对面的高档酒店里,设置了望远镜,二十四小时全程监控小区的动态。守了两个晚上后,凌晨一点的时候,陈聪看到一片漆黑,只有4幢1单元李老师家的灯还亮着。突然,在不远处的同一层楼,也亮起了灯。

凭着敏锐的观察能力和果决的判断能力,陈聪断定:这户人家有问题!

17. 内衣焚烧案

"站住!"

第二天凌晨一点,陈聪带着几位明湖派出所的干警,在朝阳小区的天台上,把犯罪嫌疑人按在地上。

只见一个胖胖的中年男人,秃顶,塌鼻,身形笨重,举止猥琐,"哎呀哇呀"地大声喊着疼,"我错了,我错了啊!"

看着躺在地上不堪一击的男人,陈聪忍不住笑了起来,随口一问:"这几天的内衣是不是你偷的呀?"

谁想这男人也真是奇葩,立马喊道:"是是是,是我,是我。"都不用审讯,直接就道出了事情原委。

这个胖胖的男人叫阿毛,平时就爱打打麻将,也没正经工作,上个礼拜,跟几个女人打麻将,输了七百多块钱,就认定肯定是几个女人合计起来骗自己的钱,更加让他心里不爽的是,自己的老婆竟然在这个时候提出离婚。阿毛才不管，继续过着游手好闲的生活，偶尔还占占女人的便宜，晚上走在新城的街头，他专门挑选那种路灯昏暗的路，如果看见有女人经过，也不管有姿色没姿色的，上前摸一把，然后疾步离开。女人们一般是敢怒不敢言的，吃了亏也只好自认倒霉，怕损了面子。阿毛得手几次后，更加肆无忌惮了。

赵子龙感慨道："这个时代，坏人太猖狂，是因为好人太沉默。"

"可是，就在前几天，我老婆居然二话不说，走了，这臭娘们，自己走还算了，把儿子也带走了，我气不过啊。"阿毛满眼放射着愤怒的光，"肯定跟其他男人跑了！"

"你怎么不说是你游手好闲，嗜赌成性呢！"小郭在一旁补充道，"啥事都赖女人头上，你算是个男人吗？！"

陈聪看了小郭一眼，差点笑出声来。这小子，是出了名的"女友奴"，对他的那个女朋友小叶，可以说是捧在手里怕摔了，含在嘴里怕化了。

"啥？你喜欢陈聪？"李文兵一下子把喝在嘴里的酒，喷了出来，"不是吧，朱大小姐，你？哈哈哈……"看着一脸迷妹的悠悠，李文兵发现，原来，再聪明，再出众，再美貌的女子，还是会被一个男人降服的，这就是法则，叫"一物降一物"。可是他李文兵的真命天女，怎么就还没出现呢?

悠悠哀怨地看看李文兵,"李公子,我是真不知道,你俩居然是朋友,我认识你这么多年了,那么,他怎么从来不跟你一起玩的吗?"

李文兵小眼睛一眯,"玩呢也是玩的,但是他这个人吧,有时候还是比较无趣的,我也不知道你什么眼神啊,看上他,明显我比他帅嘛,你瞧,是不是?"说完便媚眼四飞地抛给悠悠。

"少贫嘴,什么时候约他出来?"

"好,好,好,一切听大小姐的!"

女人要保持一点矜持的自尊,又想要见喜欢的人,这真的是一个要命的情结。朱悠悠没想到,自己在新城不说要风得风,那也是顺风顺水,没有半点不顺遂。可是,这会儿,感情上,却是一点辙儿都没有,只能坐以待毙。

18. 神秘的阿婆

"我儿子后来回过绍兴老家一次。"

川娣阿婆又在警卫室里唠嗑了,这个孤独的老人,实在是没地方去,说儿子女儿都定居在美国,除了每个月寄来的生活费以外,看上去,阿婆倒还真的是孤家寡人。

所以,后来社会上出现了独居老人的名词,伴随着中国计划生育政策的实施,传统的核心家庭结构已经发生变化,家庭规模日趋小型化,打破了传统上的三代人或者四代人同居的家庭模式,于是家庭养老的功能日益削弱。而独居老人不仅子女离家,而且丧偶,是目前备受社会关注的问题。

川娣阿婆就是这一种类型的独居老人,没有人知道她的来历,只说是很早很早之前,朝阳小区有的时候,就有她了;从她口中我们得知老人也确实是有儿女的,但谁都没见过她的子女。有人断定,是阿婆岁数大了,自己都不知道自己在讲啥了；也有人说，阿婆的来历肯定不寻常，因为她家里头还有晚清进士的画像，大家各执一词，众说纷纭。

总之，就是一个没事就往明湖派出所去唠嗑，有些固执和神秘的老太太。这老太太谁都不服气，就服那个帮她"捉了鬼"的赵子龙。赵子龙也乐呵呵地陪着这位老太太天南地北地扯闲篇，因为老人像极了自己那个死去的老娘。

子欲养而亲不在。多少人因此抱憾终身。

阿婆握着赵子龙的手，逢人就说："我儿子真的还活着，我们本来是绍兴人，后来一次意外情况才搬到这里的，老头子不在了，都不在了，只留下我一个老婆子。"且不管老人都说了些啥，赵子龙总是乐呵呵地点着头，哪曾想，年过半百，还捡到了个老娘，这老天给的缘分，也真正是不深不浅，却又不明不白。没有血缘关系又如何？亲疏远近，从来都是自己可以说了算的。

"如果你喜欢陈总家的公子，爸爸帮你做主了好吗？"

朱林看得出来，女儿自见过陈聪后，说得最多的就是警察怎样怎样。有些事情总归藏不住，比如咳嗽，比如贫穷，比如感情。

"说什么呢，朱老头！"

悠悠羞涩道，两颊升起的红晕，却是一览无遗地出卖了女孩子的豆蔻心事。

越是出生在深谙权力和金钱家庭的孩子,越是离经叛道;而越是出生在贫苦阶层的孩子,越是懂得克制和隐忍。悠悠就是那样原本离经叛道,极力想要摆脱父母控制的人,但这会儿,她倒确实很想父亲帮帮她,帮她创造更多的机会靠近陈聪。

所以在见到陈坚的时候,悠悠乖得像只小白兔。

"陈叔叔您好!我是悠悠。"悠悠忙把一杯茶奉到陈坚的手上,"这是今年的新茶,您试试。"

"好,好,好!"陈坚笑得合不拢嘴。

19. 夫妻起争执

贾珍一扔下行李,还没来得及脱掉高跟鞋,就一头扎进了陈坚的书房,"你怎么回事啊?这么大的事,都不跟我商量一下!"

"照当时的情况,你认为我拦得住吗?"陈坚略显无奈,回忆起当天陈聪的表情,从未有过的严肃和笃定,让他这样的老革命都深感惶恐,"不过你放心,我没有说出……当年那件事的来龙去脉……"

"你认为这件事是空穴来风吗?小聪他肯定发现了什么。不行,这件事,我要上报!"贾珍难掩一路而来的疲惫,但表情坚决得不容反驳,"陈总,你不要忘记了我们两存在的最终使命,我们都是各有家庭的人,只有等他结婚生子后,我们的使命才算完成;否则,你我,你我的家人,都不可能有什么好下场……"

陈坚深锁眉头,两鬓微白,这个在新城呼风唤雨的成功企业家，没有人会知道，他真实的身份和肩负的使命。

陈聪在姜超给的那份材料里，找到了很关键的一点，一九八五年，国安部确实发生了事情，而且是轰动一时的大事情。当时任国安部下属一个单位副局长的郑愁变节，为了讨好敌方，献上了一份大礼：将潜伏在敌方近三十年的人员信息告知了敌方当局。

她就是晨星，时任东亚政策研究室主任，不但为当地制定对华决策提供决定性研究报告，还将当地政府对中国的政策、底线等绝密情报源源不断地交给中国，使得我国在外交上从容不迫，掌握主动。她的被捕，可以说是中国对外情报战的最重大损失，据说三年后她在监狱中离奇死亡。

实际上，以郑愁当时在国安部的地位和职权来说，并没有资格获悉晨星的任务，但在收悉指示后，郑愁还是展开了积极的调查。见过郑愁的人都说"潘安在世又如何"，可见这个面目清秀、风流倜傥的男人，是出了名的美男子。当时负责北美地区活动资料的是一位叫王颖的女子，于是郑愁借追求王颖的契机，每天与王颖进行大量的互动，更有工作人员看到王颖为陪郑愁，不惜放下手头重要工作。

终于有一天，在王颖的桌上，郑愁看到了潜伏敌方人员将在特定的时间到香港和澳门的行程，以及入住的旅馆名字，郑愁在第一时间就通知了敌方的特工，才使得晨星的身份曝光。

陈聪喃喃自语："这么说来，一九八五年，这件事情，国安部的每个工作人员，不管是明着暗着，都是知情的。"换句话来说，知道这件事的所有人，极有可能就是当时还在国安部任职的工作人员。难道……

赵子龙轻拍陈聪的肩膀，说："你可以去问问张所，因为他父亲当年是北京国际关系学院的教授。"

陈聪的眼睛忽而闪亮起来，"谢谢赵叔！您可真帮了我大忙了。"

"你小子啊，不要关心些有的没的，女朋友可以谈了啊。"赵叔一脸贼笑，"我可知道，小火龙为了你，都变成小绵羊了啊，她对你有意思啊，你是每天早上有早餐，我的桌上是空空如也啊。哦哟，现在的年轻人啊，腻歪！想想我们那时候呀……"

陈聪转身要去找张所，"您看，以后，我那份都您吃掉吧，我家里吃过啦，哈！"扭头便看见了金婷婷那张冷若冰霜的脸。

张所示意陈聪坐下，语重心长地说："小聪，当年这件事情，我父亲确实知情，但他老人家现在已经大门不出二门不迈了，定居在乡下养老了。而关于这段历史，众说纷纭，我知道的也不是很详尽，基本跟你了解的情况差不多。"

陈聪沮丧地退出张所的办公室,这条线索又断了。

20. 刑侦在路上

"在哪里呀你，今天我生日，你难道不知道吗？"电话里，叶青火冒三丈，说好要给自己过生日的男朋友不翼而飞了。

"啊呀，叶子，是不是郭 sir 另觅新欢去了？"

"当年那么多人追我们校花，校花看中了个警察，这可碎了多少人的心啊！"

"就是，就是，我们郭警官也太不珍惜佳人了……"

"这不是还没结婚嘛，还有机会！哈哈哈！"

一帮网络作家，聚集在叶青的生日会上，你一言我一语地调侃着，叶青还在反复拨着郭敬的电话。

叶青，网络作家排行榜高居前三的女作家，拥有两千多万的粉丝，她的一个帖子，能激起千层浪。

终于在生日饭吃到快结束的时候，小郭回电了："对不起，宝贝，实在是……临时接到命令，要执行任务。"

"你这是在逗我玩吗?我请了那么多朋友,就是要把你介绍给大家的,你倒好……分手!"叶青看着满桌的朋友,气不打一处来,平时也就算了,偶尔放个鸽子什么的,叶青也很是体谅,毕竟警察职业不同于其他,二十四小时待命那是必然的,想想自己每天更五千字的时候,有时候也难免疏忽男朋友。可今天的生日聚会,是老早就定好的,而且也是两个人打算正式公开的日子,男主角却……

明知道女朋友满肚子的委屈,小郭也来不及多解释,挂下电话也没有再打回来。

郭敬早就赶到现场。而陈聪、赵子龙和金婷婷三人也在接到电话后,急急忙忙赶到了姜超电话里说的现场,是在一个叫"军院小区"的老旧小区里面。新城县在抗战的时候是一个重要的战场,听说很多死人就都埋在了军院小区这个地方,所以以前这里是个乱葬岗,老人们说这里经常有死人,不吉利,一说是为了镇压这种邪气。还有说为了破除这种迷信,部队就把军属大院建在了这里,所以叫作军院小区。但是这里也已经是三十多年的老小区了,没什么业主居住,大多廉价租给了外来务工人员,或者就摆摆自己老祖宗的骨灰盒之类。

发生命案的房间是在小区最里边一幢的五楼,那是最高一层。这一幢楼已经被先到的巡警用警戒带围了起来,不准任何人靠近。陈聪看到这阵势，兴奋异常，亮明身份后火速爬上了五楼。到了五楼，却发现只能在屋外站着，因为门口围了太多同行和领导，想挤也挤不进去。

但大家明显能闻到一股浓郁的肉味。对，就是这股熟悉的肉味！

陈聪想起明湖派出所边上不远处那家"王记烧麦店"。前几天，还跟赵子龙、金婷婷一起去过呢。这家烧麦店的烧麦做得很一般，但筒骨汤却是新城一绝，可谓前味新香，入口鲜嫩，后味甘甜，回味无穷。说人话就是：筒骨大，骨头上的肉多，烧得白白嫩嫩，看起来很可口，吃起来也很美味，最主要是实惠，赵子龙可以承受，不心疼。

吃着吃着，看着又白又嫩，尤其是味道奇香的骨头肉，赵子龙又不忘调侃起金婷婷来，他问金婷婷，这肉吃起来像不像人肉，话说人肉是不是也这个味道？惹得金婷婷差点把汤倒在赵子龙头上。

而陈聪被赵子龙这么一逗，也乐了起来，金婷婷见了想道：这个人虽然平时看起来有点自恋有点闷，但笑起来还是有些可爱的，如果他没有这么殷实的家底，也许自己能大胆放开了去主动追求。

陈聪的思绪，被闹闹哄哄的现场，拉了回来。

21. 少女碎尸案

回到现场,金婷婷和陈聪也纳闷,他俩也确实闻到了,这味道就跟"王记烧麦店"里的筒骨汤一模一样。金婷婷想了想:"也许人家家里也正好在炖筒骨汤。"

此时,姜超、郭敬等人从房间里走了出来,陈聪看郭敬脸色不对,又青又白,感觉好像生了一场大病。正想问,郭敬立刻用手捂起了自己嘴巴,整个人俯了下来,是要呕吐的样子。姜超立马叫住了他:"去下面吐,别破坏了现场。"

郭敬毕竟跟陈聪一样,只是刚转正的新警,心理承受能力差,可能现场确实有点吓人,所以一时没忍住。郭敬按照姜超的指示,立马往楼下跑去,但明显已经太晚,郭敬是边跑边吐,手都接不住,食物残渣从他指缝中哗哗溜走,弄了自己一身。

陈聪见了,笑道:"不至于吧,有什么场面能比美剧还恶心的？"

金婷婷也表示，自己能一边吃盒饭一边看僵尸吃人肉的片子。

于是姜超给他们提前做好心理辅导后，让他们穿上了一次性鞋套，放他们进了门去。

如果说地狱有十八层，那么陈聪想这里就是十八层了。只见小小六十多平方米的一室一厅小屋内，到处都是碎肉，什么形状、什么大小的都有，零零散散又密密麻麻，仿佛眼睛里除了肉就是血，再没有其他东西。

地板上、墙壁上、天花板上、沙发上、电视机柜上、餐桌上，每一个角落都是飘洒着腥味的肉末与浓稠的鲜血，关键是从模糊的肉块来看，有些还保留着人体的重要特征，比如半截手指、半个胸脯等，这些分明就是人肉和人血呀！

"这哪是屠宰场，是肉馅厂吧。"赵子龙作为老警察，话说也是身经百战，却第一个忍受不了，冲出了房门。

陈聪和金婷婷此时也已经明显被惊吓和恶心到，两手捂着口鼻，摇摇欲坠。

此时，陈聪忽然看到地上角落里的一个蒸锅内还冒着热气，就从捂着的嘴巴里挤出细声来询问现场技术勘查员："那个锅在煮啥？"

技术员表示不清楚，还没打开看，也许是嫌犯菜还没烧完人就逃走了。

陈聪问技术员死者是什么情况,技术员说死者是个年轻女性,这点从在地上被切割的乳房可以看出,但是人的脑袋还没找到,不能轻易下决定,还要好好看看。

陈聪一听,立马反应过来,喊道:"在锅里!"

所有人醍醐灌顶,马上把注意力都集中到了蒸锅上。

陈聪心想,是时候展示自己的男子汉气概和刑警本色了,于是马上戴上技术手套,大步从血地板上走到了蒸锅前,满脚都粘上了肉末与鲜血。其实他心里也害怕,谁都没遇到过这种场面,跟现场比起来,美剧啊、僵尸片什么的都是小巫见大巫,而且电视上看和在现场看是没有任何可比性的。

陈聪调整了下状态,深吸了一口气,但这口腥气又让他倍感恶心,于是干呕了两下,咬了咬牙,坚持着用颤抖的手按下了蒸锅的开启按钮。

当锅盖打开的一刹那,所有人都停止了呼吸。现场除了一名老法医外,几乎所有人胃里的食渣都涌到了喉咙口,有些人甚至喷了少许,但碍于专业精神,大多强忍住了。而陈聪和金婷婷哪是见过这种场面的人,两人你扯我、我拉你地抢在对方前面冲出了现场房间,跑到了外面楼梯间狂吐不止,把刚吃的筒骨肉都吐了个干净。

因为他们在蒸锅里看到的那道菜就跟他们之前吃的筒

骨肉颜色一样、气味一样，连煮得带烂时的掉皮、露筋、红血丝都是一模一样，尤其是两只眼睛，似乎已经煮得过了火候，又熟又烂的挂在脸上，只剩下一根筋连着了。

凶手是谁？为什么手段如此残忍！？

22. 半夜去走访

经历了翻江倒海的食物倒流后,赵子龙、陈聪、金婷婷三人稍有缓和。

虽然赵子龙是探长,但也未曾经历过这种场面,人家屠宰场里的猪是被放完血再肢解的,没有那么血腥,而且被切得比较整齐,而现场这个是被连身带肉绞碎的,比剁肉馅还夸张。陈聪和金婷婷两人一个入警一年,一个入警两年,别说是碎尸了,就连血都没怎么见过,怎么能见得这种场面?好在队长姜超心理素质更强,完全没有看出被吓到的感觉。其实姜超为了保全面子,在快要吐出来的一刻又强行咽下去了。

姜超看了看三人,看似无奈地说道:"不行就别进去了,看把外面吐的,要是领导过来了,多难看!"

陈聪听这话感觉有些别扭,心想,你一个队长怎么这个时候了不想着快点破案,还想着领导长领导短的。刚想着，赵子龙把话接上了："我说啊，超哥，这案子得上多少分啊？"

"就你吐得这熊样，还想着分数呢？"姜超笑了笑，继续说道，"别看分了，这个要是你俩破了，今年你探组准第一。"

听到这一说，赵子龙眼睛都亮了，擦了擦嘴角的呕吐物残渣，拉起陈聪立马去走访，此时已经是凌晨两点，除了少数几户被前来的警车吵醒外，其余基本还是关着灯，为了不落下一户，陈聪和金婷婷拿着手电筒坚持从底楼敲到顶楼，一户一户地敲。

案发的楼是19幢，所处位置地势稍高，因为地形的原因，和其他楼都有些距离，而且19幢处在小区最角落的位置，平时也没什么人过去，所以难得能敲开几户人家，也基本上得不到什么有用的信息。

陈聪虽然没经历过什么要案，但根据警校学的理论知识，他知道，破命案，最关键也是最首要的就是：要弄清楚被害人的身份信息。

有了身份信息，再从其身边接触的关系人或行为轨迹入手，就可以打开一张人际或轨迹网络，在侦查学上这种技战法被称为"人际流"和"轨迹流"，当然还有更高级的比如"资金流"和"信息流"等，这里暂时还用不上。陈聪想，理论知识是学到了一些，但是实际运用起来有点难度。

首先，刑侦工作不是一个人可以做完的，除了像他们刑侦队里这些传统侦查员外，还有视频侦查员、现场勘查员、信息研判员、网络侦查员、技术侦查员、法医甚至特情等，每个人都有自己的分工，而且分工明确，要把这些资源全部整合利用起来，就要看你这个传统侦查员的本事了。

在刑侦工作中，传统侦查员组成的侦查小组，被称为探组，一般由两至三人组成，设一名探长。探长也被称为主侦查员，负责案件的穿针引线，把上面所说的所有侦查资源统统结合起来，理顺思路、寻找突破口，而探员则负责配合探长工作。

其实在刑警里面，上面所说的其他侦查警种他们干的全都是技术活，都有自己的领域和一技之长，唯独传统侦查员组成的探组，是没有什么技术含量的，靠的只有脑子。尤其是探长，要负责制定案件的总体侦查思路，然后具体统筹、跟进、收集证据，还要实施抓捕、进行审查、制作笔录，破案后，还要负责提审、文书和案卷制作，最后与检察院公诉科对接等，是刑警里面最全面的一个分警种，不仅是脑力活，还要干体力活，可谓文武双全。

一般想要升到刑警大队长或刑侦条线更高职务，干过探长是唯一必要的因素。探长上面还有姜超这样的中队长,中队长上面才是大队长,大队长是县级公安局刑侦条线里面位居第二的职务了,位居第一的是分管刑侦的副局长,但不一定是大队长升上去的,涉及的层面比较复杂,而大队长则一定是普通刑警一步一步升上去的。往市一级发展,还有刑侦支队长,对应每个县级公安局的刑侦大队长;再往上,就是省一级的刑侦总队长了;要是再往上,那可是国家级的刑侦总局长了,统领全国的刑侦工作,远到十万八千里。

当然,这些都是题外话。

23. 一环扣一环

赵子龙和陈聪两人是一个探组的，赵子龙是探长，陈聪是探员。

赵子龙做刑警是因为他没得选择，以他的背景，只能靠破案来实现升职。都说机关混资历，派出所混人脉，难！

而陈聪在警校的时候学的就是刑侦。他感觉刑警比较酷，电视电影里关于警察的题材几乎都是跟刑警有关，而且警校里也流传着这样一句话：没做过刑警就等于没当过真正的警察。

而金婷婷，是属于信息研判员，也叫情报员，是专门负责信息收集和研判工作的，女孩子干这个比较轻松一点，不用跑现场。这个"信息"主要指的是数据信息，而非传统信息，比如利用犯罪前科人员库和全县外来务工人员库进行数据碰撞，就能知道全县有多少外来务工人员是有犯罪前科的，然后与其他数据库进一步碰撞，进一步分析，直到找出想要的数据出来。

这起案件,姜超队长的安排是对的,在现场勘查员和法医没弄清死者身份前,除了视频监控和现场走访外,也没什么事可做了,而视频监控则有专门人员在负责,现场走访当然得由探组去完成了。因为说穿了,犯罪嫌疑人就是以现场为作案中心,然后把轨迹向外辐射的。探组是最直接跟犯罪嫌疑人斗智斗勇的,而且需要收集证据和证人,不是探组去走访,谁去?

但这起案件,现场走访还真的很难奏效,这里活人太少了。

正当思绪乱飘、一筹莫展时,陈聪的手机响了起来,是赵子龙打来的,赵子龙让他和金婷婷去队里在现场的警车上休息一下,过一会儿,八点半李局长和分管刑侦的汪副局长要召集所有刑警开碰头会。一般发生大案件,都会开碰头会,主要是把线索给大家,然后宣布抽调专案组的命令,并对大家激励士气。这种大案件全局都会参与。

陈聪觉得还不困,像被打了鸡血一样精神十足,但金婷婷明显已经有心无力。陈聪想着应该也要怜香惜玉,于是让金婷婷先去休息。但金婷婷也是个脸皮薄的人,一个人怎么肯先走,还是一个劲地赖在陈聪后面,时不时还叹几口气,来提醒陈聪"她累了"。陈聪情商也不低,领会了金婷婷的意思,想着把她先哄上车,等她睡着了,自己再下去找线索吧，于是便带着金婷婷来到了警车上。

两人上了车，还没等金婷婷反应过来，陈聪便倒头先睡着了，没过几秒就响起了雷一般的呼噜声。毕竟一夜没睡了，此时的天空已经半边泛白，金婷婷看了看时间，快五点钟了，想想自己是明湖刑侦队唯一一个情报员，一会肯定还有很多活要干，于是赶紧合上眼睛，要抓紧休息一会。

但自己喜欢的人就睡在边上，那么触手可及，假如两人要是在巴厘岛的海边，帷幔轻盈的度假酒店，那该有多好。想到这里，金婷婷不由得心生酥痒、兴奋异常，忍了一阵后再也控制不住自己，偷偷地轻吻了过去，如蜻蜓点水一般，在陈聪的唇上，画下了一个只有她自己知道的小记号。

如果两人之前都没有呕吐过，这画面倒是挺美的。

24. 命案碰头会

电视上播放着特大新闻:"新城县公安局刑侦大队明湖中队青年刑警陈聪以一人之力破获震惊全国的军院小区碎尸案,获得了公安部马部长的接见。他从新城出来,现在是全国百姓心中的孤胆英雄!"

陈聪站在电视机旁,对着同样站在边上的父亲陈坚得意地笑了笑,说道:"看,老爸,我上电视了,我现在可是大名人了。你说破了那么大的案,李局会不会破格提拔我直接做大队长啊?"

陈坚笑了,一言不发,冷冰冰地站在黑漆漆的角落里,像一个不会说话的木偶。

"爸,你怎么不说话,你不为我感到高兴吗?"陈聪焦急地问道。

但是陈坚依旧没有搭理陈聪,似乎像是没有生命了一般,而且陈聪能明显感受到陈坚的整个人在慢慢飘远,慢慢消失在黑暗的角落里。

"爸，你去哪里？"陈聪追了上去，想要拉住陈坚，但陈坚像幽灵一般，怎么抓也抓不住，怎么摸也摸不着。

四人下了车，朝最大的一号会议室走去。一边走，陈聪一边琢磨着刚才的梦，一个是自己破了这桩大案，立了首功，受到了公安部长的接见。陈聪摇了摇头，觉得这怎么可能。第二个是父亲突然变得沉默寡言，离自己越来越远，隐隐约约感觉父亲近日心事重重，与自己的沟通少了，可能是这个缘故。还是另有原因？难道是自己一直担心父亲和"王爷"案有牵连，所以害怕父亲有一天会离开自己？

说到"王爷"案，陈聪也是在那封匿名信中看到的，但信里并没有明确谈到这个案子的来龙去脉，只知道这个案子曾经轰动一时。那么，这"王爷"到底是什么来头，为什么会死在自己家工地，跟父亲到底有没有关系，这些疑问最近一直在陈聪的心头萦绕。

碰头会上，坐满了来自各个刑侦部门的刑警们，有网络侦查中队、技术侦查中队、视频侦查中队、经济侦查中队、情报中队，还有重案组、法医组、现场勘查组等，以及各个片区刑侦中队的刑警们，另外还有各个派出所的所长和其他一些警种领导。

主席台上则分别坐着李想局长、分管刑侦的汪副局长和刑侦大队阮大队长等领导。陈聪等人则跟着姜超坐到了位于前排中间写着"明湖刑侦中队"字样牌匾的位置,明湖刑侦中队在片区刑侦中队里属于规模最大、成绩最突出的中队,理应摆在中间位置。

待所有人员坐定,汪副局长开始介绍案情:"死者为一年轻女性,暂时无法判断年龄,根据现场残留的半只乳房和半截手指的皮质、肉质粗略来看,只能说是比较年轻,可能三十五岁以下、十六岁以上,也可能更大或者更小,具体年龄问过支队和专业鉴定机构,做骨龄光一节手指不够,基本上没法精确,所以大家目前只能多留意未婚女子和未生育女子。

"而现场血液呈暗红色,呈凝固状态,超出二十四小时就会出现这种状态,但在没有阳光照射的情况下,这种状态可能会持续数周。尸体尚未出现腐烂,在现在这个气温下,室内一般死亡超过四十八小时就会出现轻度腐烂,所以根据初步判断,死亡时间应该在二十四小时以上、四十八小时以内,也就是前天早上八点钟到昨天早上八点钟之间。这已经是最大极限,但也只是内部推断,没法形成鉴定报告。因为尸体被破坏太过严重,无法对尸僵、尸斑、尸温以及肌肉组织等进行系统判断,所以排查的时候可以将条件适当放宽。"

25. 寻找突破口

汪副局长的脸上露出凝重的神色，继续道："再者，尸体被放置于卫生间的绞肉机绞烂，从抽水马桶内发现了部分碎肉和碎骨碴，怀疑嫌犯是通过将碎肉冲入马桶来达到毁尸灭迹的目的。现场客厅地上有一只高压锅，锅内是死者的头颅，根据法医判断已经被煮了十个小时，很有可能是因为头部太大无法放入绞肉机内，所以嫌犯将头颅先煮烂，然后用厨房里那把杀猪刀将头部的肉剔除，再用卧室内的铁锤敲散头骨，最后进行销毁处理。

"案件发生在明湖街道军院小区19幢501室，19幢位于小区东北角，地势略高，与其他房屋错开一定距离，平时鲜有人过往。整幢楼全部搬空，偶有几家放着灵牌和骨灰盒当墓地用。该501室房东为钱运祥，根据走访和调取行为轨迹发现，该人长期居住在美国女儿家，好几年才回来一趟，房子一直空关着，也没有租给任何人，刚才电话确认,情况应该属实。也就是说,这不一定是案发第一现场。

"初步判断有三种可能:第一种是死者住在室内,嫌犯破门作案;第二种是嫌犯住在室内,将死者诱入杀害;第三种可能是死者、嫌犯都不住在室内,而是嫌犯在室外某个地方将死者杀害后将尸体搬入室内。后两种可能性要大一点,因为门锁没有遭到破坏,无论是哪种可能,都可以作为切入点轨迹进行跟进。

"根据现场勘查,该室内有简单居住痕迹,床铺铺有床单和被子,但没有碗筷等其他生活用品,现场除了卫生间一台绞肉机、客厅一只高压锅、厨房一把杀猪刀、卧室一把铁锤外,没有其他任何工具。初步勘查,床铺上没有发现任何皮毛和皮肤纤维组织,无法进行DNA比对,很有可能是凶手刻意清理的。……"

介绍完大致情况,汪副局长请李想局长部署工作。

李想局长主要是动员性质的发言,以激励士气,并承诺谁要是获得关键性破案线索,谁就能荣立至少三等功,所在单位可以荣立至少集体三等功,并要求所有派出所和除刑侦外的其他警种通力配合。

李局长发言完,汪副局长开始真正部署工作,汪副局长要求所有片区刑侦队和社区民警配合开展地毯式走访工作,务必查出尸体身份。因为只有知道死者是谁,才能打开破案的第一扇门。而其他技术刑警则开展各自领域的技术侦查，尤其是视频侦查中队，对排查作案轨迹有着开路先锋的作用。重案组则负责整个案件线索、证据的串联。

陈聪想，原来重案组有这么大的先天优势，早知道当初去重案组了，还跟我说什么明湖刑侦队学的东西多、升得快。

但是光想没有用，现在这个情况，只能以大局为重，按照整体部署去开展工作。

散会后，明湖刑侦队十几号人迅速按照部署要求返回自己辖区，找到已在所里待命的社区民警们，开始走访工作。

26. 走访无头绪

虽说是一万个不愿意，但陈聪还是老老实实地回到了自己单位，和赵子龙、老甲鱼、小狼狗一组四人，开始了走访工作。而金婷婷虽然不舍，也还是服从安排，回到了自己的综合指挥室，用情报系统对全县所有前科人员和外来流动人口开始进行异常轨迹排查。

一个人在刑侦这条路上能不能成才，三年足以看透。但有时也要看天时，就像新城县比较太平，几年碰不到一个命案，这也就失去了很多练兵的机会。因此，全国南方、北方、西方几个地方的刑警来东部出差，经常会嘲笑江南刑警是温室里的软骨头。

同样，赵子龙也没碰到过真正的凶杀案，顶多就是协助处理不慎溺亡、跳楼自杀等非他杀案件的取证工作。他虽然是一个探组的探长，手下有陈聪一个民警，老甲鱼、小狼狗两个协警，共计三个兵，但此时的他也丝毫没有头绪，只能根据领导的意图按部就班地进行走访工作。

四人分成两组，在案发点附近的"包干区"朝不同的方向开始推进。

陈聪和小狼狗一组，两人年纪比较接近，干活默契一点，说话也配得牢。两人一边走访一边聊天，时而互相吓人，时而互相调侃，当聊到万一走访不小心碰到嫌犯怎么办时，双方均表示做英烈这种立功机会要让给对方。两人嘴上贫，但要真是碰到了嫌犯，都巴不得吃独食，斩获首功，哪还能想到有什么危险。

从上午碰头会结束，直到夜里十一点，陈聪两人几乎没有休息，一直不间断地进行细致走访。然而，尽管付出了不少努力，却一直没有什么有用线索，也找不到任何头绪。赵子龙那边也是同样的情况。

于是，四人碰了头重新集合，商量先去吃点夜宵，再请示一下领导，还要不要继续走访。沿街商铺几乎关得差不多了，公寓里的灯火也已经逐盏熄灭。在这样一个寂静的深夜，偶尔能听到某户人家传出午夜电台的声音，电台里，女主播莺莺燕燕着，像是在耳边低声呢喃。

初夏的风迎面拂来，让陈聪的脸庞感到异常酥软，就像是皮肤细嫩的温柔女子在轻轻抚弄。他深吸了一口气，仿佛能感受到这女子双手的气息。年轻的他，心里突然有了一种来自男人内心深处的冲动，最原始的冲动，又像是朦朦胧胧地对爱情的期盼，但总感觉空落落的，没有东西可以填充。到底是如狼似虎的年纪，再深的内涵都挡不住本能的冲动。有时候，初春的男人跟初春的女人一样，简单直白，一个小小的肉体接触，足以让他误以为就是爱情。

小狼狗似乎看穿了一切，立马拍醒了陈聪，笑道："陈公子，干吗呢，思春啊，快说吃什么，赵探长难得请客。"赵子龙本来没想过要请客，但被小狼狗这么一说，也只好咬了咬牙，认了，心想：昨晚刚请过客，又要破费。

在刑警队里面有个不成文的规矩：遇到因勤务耽误饭点或需要加餐时，由职务最大的人最先买单，依次轮下去。因为，职务高一点，奖金系数也会相对高一点点。赵子龙还在为昨天的夜宵钱心疼，心想买点路边摊打发打发就行了，正好看到前方有个卖炒面的摊位，上面写着"一份炒面五块钱"。赵子龙眼珠一转，四个人只要二十块钱，划算！于是，他以速战速决、不耽误工作为由，将几人带到了炒面摊前。

当然，其他三人是很不乐意的。

27. 走访现端倪

新城县是传统制造业开始的地方，遍地是服装厂和箱包厂，每每到了晚上十点以后，城管们也都下班回家了，很多小贩们就出来摆摊了。摊位的形式有很多，有的是推车，有的是用几个凳子架木板形成的临时桌台，还有的索性就搬了一些陈旧的桌椅摆在马路边上。这时候，刚刚夜班结束的工人们蜂拥而至，把一条街挤得水泄不通。

赵子龙他们看中的却是其中一个地理位置最偏僻的摊位，摊位是一个手推车流动摊位。摊主是位年迈的老阿婆，年纪虽大，但动作非常利索，一把油、一把面、一把葱，就像工厂里的流水线一样。

看着老阿婆熟练的动作，陈聪心生好奇，问阿婆做这行多久了。小狼狗小声说，你以为审讯小姐呢，还"这行做多久了"，被陈聪硬生生瞪了回去。

老阿婆说她叫美珍，以前是开面馆的，因为儿子欠了赌债，实在没办法，就把面馆转掉，换了点钱还了一部分债。之后，就买了一辆二手手推车，自己装上了煤气瓶，把它改成了移动餐车，上街卖炒面。因为想早点把债还清，每天都会做到凌晨三四点，街上完全没有人后才回去。

聊到这里，陈聪看了看四周，发现这里是军院小区通往外界的必经之路，因为军院小区比较偏僻，周边没修什么路，只有一条小路通出来，连接到了主干道上。而美珍阿婆的餐车正好是在小路和主干道的交叉口上，美珍阿婆如果每天都在的话，简直就是个活探头。

果然，在陈聪询问可疑情况的时候，美珍阿婆道出了一件奇怪事，她经常能看到有一个头戴黑色摩托车头盔的人骑着一辆蓝色的人力三轮车经过这里，有时凌晨了还会在她那买份面。老阿婆看他从来不摘下头盔，就觉得奇怪，而且骑人力三轮车一般很少人戴头盔。有一次，美珍阿婆忍不住问了对方，对方没有回答，但隐隐约约能感到对方玻璃镜后面的眼神不是很友好，甚至凶神恶煞。

从美珍阿婆嘴里得到的特征比较模糊，大概是：中等身材，本地口音，年纪稍大，戴黑色摩托车头盔，骑蓝色人力三轮车。

"那你知道他是做什么的吗？"陈聪追问道。

小狼狗笑了，心想：对方做什么的，阿婆怎么会知道。

没想到，美珍阿婆十分肯定地断定对方也是做夜宵的，从对方三轮车兜里的血渍看得出，应该是新鲜的猪肉刚切成了非常小的肉丝或剁成了细碎的肉泥，肉里的血才会渗出来，而且差不多也是天黑了出门，后半夜才回来，不可能是菜场卖肉的，肯定也是做夜宵的。就是对方没她敬业，一般凌晨两点左右就回来了。

"等等，"赵子龙插话道，"阿婆，你说他车里有血渍，那有具体东西在车里吗？"

美珍阿婆说："他只会在后半夜回来时才偶尔到我这里买面，那个时候车里已经空了，但我肯定车里是放过新鲜肉丝或肉泥的，血渍看起来跟我车里的痕迹是一样的。"

四人谢过阿婆后，赵子龙立马把这条线索转给了视频中队，让他们根据特征开展追踪，并叮嘱有情况只能跟他说，不许"以点带面"；同时，赵子龙叫陈聪把情况跟金婷婷也讲一下，把研判范围缩小到中老年本地人。

四人兴奋异常，再便宜的面都吃起来津津有味，仿佛成功的人生马上就要开启了。

28. 头脑有风暴

赵子龙、陈聪、老甲鱼、小狼狗四人在路边一边吃面、一边讨论案情。赵子龙虽然稳重，但思维远没有陈聪敏锐，而老甲鱼和小狼狗更侧重体力活，头脑自然不是很灵活。

陈聪异常严肃地提出了几点疑问：

第一点，如果嫌犯就是美珍阿婆所说的这个人，那现场死者的肉不是应该往抽水马桶里冲掉了吗？为什么还要用三轮车运走？既然要运走，干吗剁碎成肉泥了再运？

第二点，电动三轮车或面包车速度更快，还不容易被发现碎肉，为什么要骑人力三轮车？

第三点，嫌犯为什么不把车内的血渍清理掉，就敢去美珍阿婆那买面？

赵子龙想了想，按照更接近自己主观答案的想法，回答道："第一点，是不是死者是个胖子，肉太多全冲掉会堵塞管道，至于剁碎嘛，是因为不好辨认这是什么肉，一般人看到了还以为是猪肉。第二点，电动三轮车和面包车都有概率被交警查牌，只有人力三轮车一般不会被查，虽然慢点，但相对安全。第三点，美珍阿婆年纪大了，嫌犯对她没什么戒心，或者嫌犯比较大意，可能忘了擦血渍。"

陈聪觉得赵叔的前两点回答都说得通，唯独第三点说不通，如果一个人杀了人，怎么可能心眼那么大，按照嫌犯对现场的处理，应该是个谨慎的人才对。而且听美珍阿婆说，嫌犯并不是每天出入这里，而是从一年前开始隔三岔五的过来，却一年四季戴着头盔，会不会是这个人本身就比较注重交通安全，没有可能今天要杀人，一年前就已经开始准备了，做好了隐藏身份的准备。

小狼狗也觉得可能是搞错了，不是这个人。而老甲鱼并不注重逻辑，觉得这个人不正常，就是心里有鬼。赵子龙说，等看了监控再下定论也不迟。

陈聪突然想到了什么，大声道："只有一种可能！"

"什么可能？"所有人瞪大了眼睛问道。

"他是老手！"陈聪的眼睛里迸发出异常明亮的光芒。

"老手？"

"对，其实他一年前就开始作案了，他应该不住在这里，住这里的话应该每天都会经过，他就是把军院小区当成一个据点了。为什么心眼这么大，车上的血渍都不擦，是因为一年来，他从来没有被人怀疑过，而且碎肉根本认不出是人肉，他非常放心，可能一开始也比较谨慎的，时间长了就麻木了。"

"这不可能吧。"

"怎么不可能？"

"那得要杀多少人啊？"大家面面相觑道。

"按照美珍阿婆的说法，最紧的时候三天就来一趟，最长要个把月，一年下来最少也要杀十二人，最多可能要一百二十一人。"

"哈哈哈！"

所有人都笑了：一百二十一人？怎么可能！新城县哪有那么多人好杀。就算真杀了那么多人，肯定会有很多人报失踪，到时不是很容易被发现？

陈聪想了想，答道："如果被杀的都是游走在灰色地带的边缘人物呢？或者都是从外地骗过来再杀害的呢？"

"比如？"

"比如一些没有办临时居住证的夜总会小姐，比如刚从外地过来求职的打工者，再比如流落过来的乞丐？"

所有人陷入了深思，陈聪说的并不是不可能，确实这样的一些人哪怕是失踪了，也不一定有人来报案。

"那为什么要杀这些人呢？"

"动机何在？"

四人又陷入了深思，杀人取乐？这种电影里的情节似乎不大可能在现实生活中出现吧。

陈聪又有一个疑问:"对了,这个人买了面后去哪里吃的?是不是去案发现场吃了?不知道能不能找到残留的一次性饭盒,作 DNA 比对?"

"可行,"赵子龙说道,"走,我们去找找看。"

四人扔掉了手中的饭盒,来到了军院小区案发现场,在询问了现场值守的人员确认里面没发现饭盒后,又开始在周边找,但最终什么也没有发现。感觉突然来的希望,又化成了泡影,四人乏意顿生。

此时已经是凌晨两点多,人的体力是有限的,大家虽然都很想休息了,但没得到上头指令又不好擅自做主。这时姜超一个"撤回"的短信,让四人终于放松了下来。

回到单位宿舍,众人顾不上洗脸,就鼾声四起。

29. 失踪的少女

清晨的第一缕阳光照射至陈聪和金婷婷两人脸上的时候,陈聪刚踏出宿舍门就看到了金婷婷。她猛吸了嘴里的一口烟,首先打破尴尬局面:"是的,我抽烟的。开心或不开心的时候都会想抽一口,可能是跟我爸学的,我妈从小就离开了我,我爸也不怎么管我。"金婷婷在说到自己的身世时,虽然洒脱,但明显还是放低了音量,毕竟眼前这个是自己那么重视和在意的人,在他心里,她不想被误解和厌恶,一点都不想。

女人用情到一定程度,大概都会患得患失。

没有人想到,这个明湖派出所的警花,有着美丽的脸庞,有着曼妙的身材,有着自信的笑容,却在不为人知的背后,被生活折磨得那么凄惨。每个人的内心都有一片森林,别人进不来,自己也走不出去,大致如此。

说完,金婷婷将手中的烟递给了陈聪。陈聪先是一愣,然后不由自主地接过烟，也猛吸了一口，然后全呛了出来。

金婷婷笑了："不会抽就不要抽，抽烟对身体还是不好的。"

陈聪脸一红，没有说话，把烟递回了金婷婷，他感到浑身不自在，又有点荷尔蒙引起的小小兴奋。他不知道自己从什么时候开始，突然对金婷婷有了不一样的感觉。金婷婷继续说道："你也习惯这么早起来吗？"

陈聪总算找到了可以接话的话题："没有，刚醒，睡不着了，在想案件的事。"

"那我告诉你一个小秘密吧。"

"什么小秘密？"陈聪第一时间想到的是金婷婷要跟他表白，会说"我喜欢你很久了"这种话。然而并没有，金婷婷告诉陈聪关于案件非常重要的线索，这让陈聪从刚才的失望中找回了些许平衡。

金婷婷告诉陈聪，她在分析外来流动人口的海量数据中，通过碰撞发现了一个重要线索：三个月前，有十多个来自同一个地方的少女租住在本县一个叫新民苑的老旧小区中，根据暂住登记，她们全部租住在同一套出租房内，没有查到她们来做什么，但是根据她们晚出晚归的活动规律，肯定不是什么正当行业。就在昨天晚上，这伙人全部离开了，去了另一个城市，但是从乘车记录来看，却少了一个人。

陈聪插话道:"被害者?"

"很有可能,因为她们一直是统一行动的,我查到她们换过三个地方,从没少过人,这次少了一个,很有可能还在我们这儿,或者已经遇害了。"

"什么人会这样换来换去?"陈聪紧接着问,他突然觉得,这里面一定大有文章。

"我也在想,游客肯定不可能!传销团伙应该还会有男性。"金婷婷心照不宣地看了看眼前这个自己那么喜欢的男生。

陈聪突然眼睛一亮,说:"那种……黄色的团伙?"

金婷婷忽而掐灭了烟头,说:"你说卖淫团伙?我也这么猜测的,这么有组织性,应该是怕被警察抓。"

"对,少了一个人,应该是以为被警察抓了,所以赶紧撤了。"两人越分析越兴奋,全然忘了刚才的尴尬。

突然,金婷婷蹦出一个字:"走!"

"啊?去哪儿?"

"出租房啊,趁现在房东可能还没收拾掉她们的残留东西。"金婷婷拍了拍身边这个男生的肩膀,有一股不一样的暖流瞬间涌遍全身。

"对!微量物证!"陈聪完全处于被动,但悟性极高,金婷婷一说,他全明白了,"我去叫赵叔。"

"我们两人够了。"金婷婷狡黠地拉住了陈聪的胳膊。

"我懂,功劳一人一半。"

"功劳全归你,我只要你满足我一个要求就行了。"

陈聪脸又一红,不自觉地往一些方向去想了:"什么要求?"

"想什么呢!陪我喝酒。"金婷婷的脸上洋溢起得逞的笑容。

"好,我家里拿瓶好酒。"

金婷婷娇羞道:"不,我选。"

"成交。"两人立马从车队拿了把钥匙,开上一辆警车赶往新民苑。一路上,陈聪把走访的发现也跟金婷婷交流了一下,金婷婷认为很有可能是嫌犯把卖淫女叫到军院小区,交易完后因嫖资问题引起纠纷,遂动手错杀了卖淫女,随后购买了工具,想要毁尸灭迹,结果在还没处理完尸体前就被发现了,然后骑人力三轮车逃离了新城县,所以没法用大数据找出这个嫌犯。而陈聪则认为,嫌犯处理现场这么凶残,应该是故意引诱卖淫女前往,然后杀之取乐,而军院小区只是他的一个取乐场所,他也没打算逃跑,应该还以普通人身份隐藏在新城县,因为毕竟是本地人,仓皇逃出去显得太可疑了。金婷婷觉得陈聪电影看多了,而陈聪觉得金婷婷思维不够扩散。两人你一句我一句就到了新民苑内。

两人关掉了警灯,匆匆上楼,而此时楼上一个窗户的背后闪过一团黑影,随后那个窗户口的窗帘就被拉得严实了。

30. 肢体的对抗

"咚咚咚，咚咚咚……"

陈聪不断敲打着租房的门，并不断询问屋内是否有人。

好一阵子，始终没有动静，两人认为里面已经人去楼空了，已经不必太警觉了。陈聪建议把房东叫过来开门进去看看，金婷婷说，万一房东通风报信怎么办，万一嫌犯就是其中的一员，或者实际上骑三轮车那个老头就是房东呢？所以不如直接叫开锁匠过来。

金婷婷这一猜测，提醒了陈聪，但陈聪觉得他俩没有开具搜查证，贸然进去，万一真有什么证据，到时被法庭以非法证据认定怎么办？不是闯祸了？另外，这样不符合程序，立功不成受个处分，反而倒亏一把。

正当两人争论之时，突然听到室内有陶瓷摔破的声音，两人马上安静下来。

"里面还有人！"金婷婷小声说道，陈聪马上比了一个"嘘"的手势。

"现在怎么办？"金婷婷悄声问道。

陈聪想了想，让金婷婷去把警车开走，假装两人已离开，并通知队里增援，他暂时守在这里，如果里面还有人没走，那不是他们两个人能解决的。金婷婷赞同了陈聪的想法，于是小声下了楼，而陈聪则躲在门一侧，贴着耳朵还想听到更多动静。

守了大约二十分钟，里面还是一点声音都没有，陈聪蹲在门旁，慢慢地换了一只受力的脚，然后轻轻揉了揉，让血液保持畅通。

正在这时，门"吱呀"一声开了，陈聪屏住了呼吸，只见一个戴着口罩的男子探出了头，当他和陈聪四目对望的时候，赶紧往楼梯口冲了出去。陈聪已来不及考虑，大喊一声"站住"，立马冲了过去，不管这个人是做什么的，他的行为足以证明心里有鬼。

陈聪一把抓住口罩男的肩膀，想要通过警校学的反手擒拿把他按在墙上控制住，但没想到的是，男子轻松一个转身解锁，反手一推把陈聪按在墙边，同时另一只手立马从腰上掏出一把匕首，抵在陈聪脖子上。

陈聪此时已经完全懵了，完全不知道该如何应对，他嘴里喘着粗气，盯着口罩男的双眼；而口罩男用凶猛的目光狠狠地瞪着陈聪，让陈聪立马泄了底气。

正当陈聪绝望之时，金婷婷停好警车赶了回来，看到此情此景也顿时慌了神，但她害怕陈聪有什么闪失，自己将会后悔一辈子，于是大喊一声"陈聪！"，便冲了上来。

"陈聪？"就在刹那间，口罩男疑惑又小声地开了口，"你是陈坚的儿子？"

陈聪也愣了一下，但他完全没有时间去考虑是怎么一回事，此时他明显能感觉到架在他脖子上的刀松了下来。

陈聪抓住机会，本能地猛推了一把口罩男，把男子推出几步距离远。男子反应过来后，立马从楼梯往下逃离。而此时金婷婷正从楼梯上冲上来，看到口罩男往她这儿来了，又本能地停住了脚步，脑子一片空白。口罩男见金婷婷没有什么动作，一把将其推开；而金婷婷却一时没有站稳，只见她后脑着地，从楼梯上重重地摔了下去，摔到了楼梯之间的平层上。

"金婷婷！"陈聪大喊一声，马上冲了过去。口罩男见势，继续往下逃窜。

陈聪立马抱起已经昏迷的金婷婷往楼下冲去，一边下楼梯，一边喊着金婷婷的名字，希望她能听到呼喊，立即醒来。

到了楼下，陈聪看到已经停满了警车，赵子龙等人已经将口罩男按在地上，姜超在指令着要求将口罩男先带上警车，郭敬去楼上保护现场，看到陈聪抱着金婷婷下来，急切地问了情况，骂了一句脏话，命令老甲鱼赶紧开车送陈聪和金婷婷去医院。

此时陈聪脑海里已经完全没有了立功或闯祸的概念，一心只想着金婷婷能平安无事。

31. 夜宵一条街

新城县的上空阴云密布,汪副局长站在刑侦大队案件会商室的窗口,手中紧紧攥着手机,两眼紧盯着窗外的乌云只言不语。会商室内坐着刑侦各个条线的负责人,有的紧皱眉头,有的面露难色,姜超坐在角落里不停地转动着手中的笔,掉了又转,转了又掉,像是丢了魂似的坐立难安。

突然,一阵急促的电话铃声响起,汪副局长急忙接起电话,"哦哦,好"了几声就挂断了,然后眉头轻轻舒展,似乎心中的一块石头落地,转过身,对在座的所有人说道:"人没大碍。"

所有人都松了一口气,尤其是姜超,会心地露出了笑容,要是金婷婷有个万一,他该怎么去跟她父母交代,况且他是第一连带责任人,案件还没破,处分先背上了。

"陈聪还没来吗?"汪副局长问姜超道。

姜超似乎还在想金婷婷的事想出了神,并没有听到,边上的同事踹了踹姜超的脚,又小声提示了一遍。姜超立马回过神来,迅速站了起来:"来了,应该来了。"

正在此时,陈聪恰好气喘吁吁地站在会商室门口,大喊了一声:"报告!"

汪副局长看了一眼陈聪,没有回应,把他晾在一边,示意所有人开始会商。

陈聪看到汪局长没有理会他,继续打了一声报告,但是汪副局长依然没有回应,自顾自地开始询问其他人案件进展情况。

这可把陈聪急坏了,虽然知道自己犯了错,但从来没有人给他这么坐过冷板凳,他完全不知道怎么应对,急得额头上直冒汗,拳头捏得紧紧的,不敢动一动。他脑海里一片空白,但他也知道任由这样下去,在这么多领导面前真的很难堪,如果不破解僵局,以后还怎么在警队里混。

于是,陈聪鼓起勇气,提高嗓门再一次打报告,但这一次后面加了"我错了"三个字。

汪副局长听到陈聪认错了,转过身狠狠地打量了他一眼,大有要好好教训下这个闯祸的新手的势头。

"错在哪?"

"没有遵守纪律,不该擅自行动,有情况应该及时汇报。"

"你既然知道纪律,那为什么还要违反?"

陈聪顿了一顿，不知道该怎么回答，但又不好久拖着让气氛尴尬，只好老老实实回答："想立功！"

听到这，所有人都被陈聪的耿直惹笑了起来，姜超看到汪副局长也忍不住笑了，赶紧补充道："年轻气盛，年轻气盛！"

汪副局长并不是有意要为难陈聪，而是一个新人如此初生牛犊不怕虎，不听指挥，如果不让他长记性，以后是很容易出事情的，尤其是干刑侦这行，没事的时候大家都平平安安，要真有事那就是性命攸关，况且陈聪是陈坚的独子，要是有什么闪失，他也担待不起。他看到陈聪已经认识到了错误，就让陈聪就座，打算给他一个戴罪立功的机会，让他说说他的发现。

陈聪把自己走访的情况和金婷婷两人的分析一五一十地再次呈现了一遍，有些人认真地拿着笔记录着，认为这个年轻人的思路还是非常开阔的；也有不少人并不认同，认为除了走访时的那条线索可以跟进外，数据分析出来的女子团伙没什么用，只是一个概率事件。

这时，汪副局长的电话又响了起来，挂掉电话后，他脸露悦色地宣布：从出租房外抓到的口罩男爽快地交代了组织卖淫女团伙来新城县流窜卖淫的犯罪事实，急忙撤走是因为其中一个卖淫女失踪了，他怀疑是被警方抓了，所以他买票让这些女孩先离开了，然后独自一个人留下来想再找找那个失踪的女孩。从现场那个女孩遗留的毛发中提取到的DNA检测出来,跟我们案发现场的DNA组织完全吻合,也就是说死者身份找到了。

32. 三轮车屠夫

陈聪一开始还以为这个口罩男就是杀人嫌犯,现在看来另有其人。

汪副局长边讲边指令审讯民警讯问一下口罩男,了解这名被害的女子最后一单生意是在哪里交易的。没过一会儿,审讯民警就回复了过来,最后一单是跟一个嫖客约在了军院小区后门口,时间也与死亡时间吻合,而这个嫖客的电话号码是一个没有登记身份信息的号码,无法核实身份。

视频中队的负责人说:"军院小区后门口是小路,没有监控。"但他又想了想继续说道,"我可以扩大范围。"于是一不做二不休,立马打开面前电脑上的监控软件,一一比对。

汪副局长眉头紧锁,转而又问重案组:"你们什么都没发现吗?还没一个新警管用?"

重案组组长杨基硬着头皮说道:"我们查了查绞肉机,新城县没有卖这个地方,再者这个型号是一年前就停产了,市面上也没有卖的,也就是说嫌犯要么是一年前就购买了这台机器,要么是买的二手货,但我们通过二手货市场的调查,并没有发现线索。其他刀、锤子都比较常见,范围太大,没法核查。"

说到这,汪副局长叹了口气,摇了摇头。杨基马上补充道:"不过,我们有一个发现。"

"什么发现?"

"据一个正在服刑的老鸨反映,她手底下也曾失踪过一个女孩,这个女孩在我们DNA库里是有的,比对了不是死者。"

"这跟案件有什么关系?"

"也许,是系列案,死的不只是我们发现的这一个女孩……"杨基抬头看了看领导的脸色,犹豫地说出了自己的顾虑。

"别乌鸦嘴,"汪副局长打断道,然后转念一想,"当然,也不是没这个可能,都是卖淫女。你们继续跟一下看看,也许能扩大战果。"

这时,视频中队的负责人发话了:"有了,这个人!骑了辆三轮车,一直跟在被害女孩后面,方向是往军院小区去的。"说完,将监控画面投放到了大屏幕上。陈聪看到，这个人戴着头盔，骑着人力三轮车，跟炒面阿婆的描述几乎一样，立马喊了出来："就是这个人，我们走访过程中讲到的那个。"

汪副局长眼前一亮，立马嘱咐所有人员全力跟进这条线索。

没到一个下午的时间，视频中队有人侦查出结果，所有监控显示，这个嫌犯曾多次出入军院小区，而且时间点跟陈聪走访到的结果是一样的，而所有监控的消失点均集中在新城县的夜宵一条街的街口，因为夜宵街是老街，几乎没什么探头，从街东头到街西头有整整三公里的距离，而每一次嫌犯都是从东头进东头出，说明他并不是经过这里，而是活动范围就在这里。

夜幕降临，所有侦查员褪下了警服，穿上了自己的便服，一头扎进了夜宵一条街查找这个嫌疑犯。而陈聪这次乖乖地跟在姜超身边，姜超可不想他再惹出什么麻烦，所以把他牢牢地拴住了。期间，陈聪不忘给金婷婷打了个电话，告诉她案件进展，并叮嘱她好好休息。陈聪突然发现自己对金婷婷有了更加不一样的感觉，那种感觉也许是歉疚，也许是牵挂，他自己也分不清了。

姜超告诫陈聪，即使发现了嫌犯也不能轻举妄动，一定要跟组织通口气，在确保不溜掉的情况下等到增援过来再行动。陈聪有过一次教训之后，再也不敢独自行动了。

正在这时,他收到父亲陈坚的一条短信。他想自从案子发了后自己已经三天两夜没回家了,父亲一定是想他了。没想到,他打开后看到父亲发的信息是:"安全第一,服从命令,不要擅自行动。"看来,他的一举一动还是全部在父亲的掌握之下,这让他心生无力。从小父母就教育自己要独立要坚强,可是自己长大了却总是受他们监控,这让他的青春叛逆期无限拉长。

而且,那封匿名信的内容,也总是时不时地浮现在自己的脑海里。

理都没理,陈聪关掉了手机,和姜超两人在夜宵街上游荡着,四处寻找三轮车和嫌犯的下落,有点像是猎食的饥兽,又有点像是唱着战歌的凡尔赛人。

一边搜寻,陈聪一边思索着早上发生的事情,他总感觉这个口罩男不简单,而且好像认识他,当金婷婷一提到他名字的时候,他手中的刀都几乎要松掉了,难道自己的名声那么大,让犯罪分子听到了都动摇三分?摇了摇头,陈聪苦笑了一下,觉得最近自己身上发生的怪事太多,想着破案后,一定要亲自去问问那个人,也许会有什么发现。

走了一大圈,两人什么都没有发现,只看到形形色色的酒鬼和东张西望的自己人。这时,陈聪发现那天和赵子龙、金婷婷他们一起吃夜宵的"王记烧麦店"大门紧闭着。陈聪心生奇怪,生意这么好的一家店今天怎么还没营业,该不会店主就是嫌犯吧，当然也有可能是时间尚早，还没到开店的时间，因为他家只做夜宵，不做晚点，何况老王看起来也不像是坏人。于是陈聪和姜超又继续四处打探了起来。

一路上，姜超不断地给陈聪灌输纪律观念。陈聪心想早上那事一定把姜超吓得不轻，但不管怎么说，这么重要的线索还是挖到了，这才是最重要的。姜超见陈聪没认真听，又继续道："不能不按常理出牌。"陈聪反问了一句："那犯罪嫌疑人会按常理出牌吗？"姜超说那是两回事。

说到这，陈聪好像恍然大悟："对啊，罪犯怎么会按常理出牌？看起来是好人的人一定就是好人吗？"

33. 王记烧麦店

正想着,他们又回到了"王记烧麦店"的门口处,只见一个年纪有点大的老头正在拿一根撬棍撬烧麦店的卷帘门,陈聪立马用肘撞了一下姜超,示意注意。

姜超心领神会,小声跟陈聪说要慢慢接近,来个出其不意。陈聪说,不汇报了吗?姜超说,汇报啥,这是紧急情况。

两人慢慢接近,等到只有三五步距离时,同时一个箭步冲了上去,老头完全没有防备,一把被按到了墙上。姜超厉声喊道:"不要动,你因涉嫌故意杀人罪,现在对你口头刑事传唤。"

老头立马别过脸,一顿大骂:"杀你个大头啊,干吗抓我,不抓这个强盗!"

陈聪觉得这个人有点眼熟:"你是不是以前母鸡被偷报案的那个人?"

姜超诧异地看看陈聪："你说这个干吗，有什么话去局里说。"

陈聪："当时是我办的第一个案件，所以印象深刻。老师傅，是不是有这么回事？"

老头瞄了一眼陈聪，说道："是是是，怎么了，抓我干什么？我是来要三轮车的。"

"三轮车？"姜超、陈聪异口同声道。

"老王这家伙，强借了我的三轮车，都一年多了不肯还，这两天看他一直没回家，我急了，别被这龟孙子给卖了，就来店里看看，果然店都关了，肯定欠了赌债跑喽。"

陈聪立马问道："三轮车有什么特征？"

"啥特征，就是用脚蹬的那种。"

"有没有细节？"

"细节？后门锁链子断了半截算不算？"

听到这，陈聪立马松掉了老头的手，拿出手机看视频截图，果然视频里嫌疑三轮车的细节特征和这老头说的一模一样，于是立马将截图给姜超看；姜超也松开了手，拿过手机一看，然后立马拿起自己的手机跟领导汇报情况。

陈聪脚一软，差点坐到地上，原来这么多人辛辛苦苦几天几夜要找的人在自己接到通知时，就在自己眼前。

事情的来龙去脉已经很清楚了：当初陈聪入警第一天和赵子龙一起破的那个偷鸡案，其被害老人曾陈述过，隔壁老王（经查明本名叫王龙宝）曾经戏谑过他养的鸡，将鸡比作了妓女，这一点可以推断嫌犯王龙宝对妓女情有独钟。据老人描述，后来王龙宝向他借了辆人力三轮车，之后一直不肯归还，迫于王龙宝平时的流氓品性，老人不敢索回，直到发现前几天王龙宝跑路，才气冲冲地找到了王龙宝经营的"王记烧麦店"。而王龙宝用借来的三轮车一年多来多次出入军院小区，可以断定王龙宝早在一年前就已经通过硬闯的方式住进了军院小区案发那间公寓。

  不明白的是王龙宝在龙岗新村有自己的农宅，为何还要经常住在军院小区，难道经常在里面召妓？直到案发时跟前来的卖淫女发生矛盾，将其杀害，然后潜逃？有一点可以确定的是，现在所有的证据指向了他，按照刑侦的"有罪推断"，王龙宝已经达到了"上逃标准"，于是新城县公安局果断地将其列为通缉犯，进行"上网追逃"。

34. 第一次追逃

陈聪作为本案的主要破案人，自然加入了追逃小组，姜超、陈聪、赵子龙三人和重案组的三人坐上了火车，根据王龙宝的逃跑轨迹浩浩荡荡地朝河北出发。

这是陈聪第一次参与追逃，也是想借由这次追逃，去查查自己的身世。由于案件是涉嫌杀人的重刑犯，陈聪难免有些激动，有很多想要表达的话，只是因为大家赶得急，买不到一起的票，所以只能分散坐开。而陈聪艳福不浅，坐到了一位带着画板的女孩身边，由此还产生了一段故事，只是后来陈聪不怎么愿意多提起。

到达河北后，一行人住进了一家小旅馆，入住完毕已是晚上九点，大家都还没吃晚饭，火车上的饭既不好吃又贵，所有人都不舍得把伙食费浪费在火车上。于是安顿好住宿后，一行人来到了旅馆外面的当地土菜店就餐。

六人围坐在一桌上，开始了河北的第一顿美餐。重案组为首的是分析此案还有其他被害人的组长马国强。马国强是一个老刑警，从入警开始就在重案组，直到现在，已近二十个年头，具有丰富的追逃经验，什么大风大浪都见过，尤其是陈年旧案，比谁都清楚。

几人互相做了介绍，当陈聪准备自我介绍时，马国强打断了他，说道："陈聪，我知道，你是陈坚的儿子，本身名声就响，现在又抢了一件大功，谁还不知道你呢！"

马国强的话颇有酸味，让陈聪尴尬万分，不好接话。这时，最擅长打圆场的姜超拿出了他的看家功夫："老马啊，大家都是干刑侦的，何必看出身，人家小陈做事也是非常认真的，也非常要求进步，尤其是对你，非常崇拜，很想从你这儿多学点东西呢，你有机会多教教他。"

马国强听了，明显脸色大悦，说道："是吗？我年纪大了，教不了什么了，顶多讲讲一些刑侦上的故事，让年轻人开开眼罢了。"

姜超笑着迎合道："那你就讲讲嘛，让我也跟着开开眼。"

马国强一听，来劲了："好啊，讲什么呢？哦，对了，小陈，讲一个跟你家有关的案子吧。"

陈聪一听，大概知道了马国强要讲什么，心生反感："我知道，老早就听超哥讲过了。"

马国强："你知道个啥，'王爷案'对吧，你知道这个案子我们重案组前前后后重启过几次侦查吗？你以为现在真的无人问津了，不查下去了吗？"

"组长，好像就你一个人在查呀。"马国强的一个部下直白地插了一句话，然后和另一个部下忍不住笑了出来。

马国强怒不可遏："你们两个吃里扒外的小棺材，没有我年复一年的追查，能有现在的成果吗？我知道这个案子牵扯的面太广，但毕竟是一条人命，而且死得那么专业，哦不，被谋杀得那么专业，搞得那么大，这不是在挑战我们新城刑警的底线吗？"

陈聪在一边听着，不好插话，但他隐约听出了什么，想要继续听下去，马国强却戛然而止了。

马国强叹了口气："也罢，这案子太敏感，陈聪你还是不知道为好，我也不想说出来，也许就我一个人知道是最好的。"

陈聪立马反应道："不，马组长，您继续说，我支持您把案件查个水落石出。"

没想到，陈聪这话把马国强惹毛了："支持个啥，我说了为你好，你……唉，不吃了，吃不下了。"

说完，马国强起身走到前台，付了账先回去了，留下其他几个人傻瞪眼，也没了兴致，干脆一起回去了。

回到房间，马国强的"为你好"几个字，让陈聪久久不能入眠，他隐约感到，这里面大有文章，而且与他有关。

35. 侦查进山村

第二天一早,还在睡梦中的陈聪就被姜超拽了起来,简单洗漱完,一行人便来到了当地保县的刑侦大队,说明来意,简要汇报了案件情况,然后将手续交接完,便开始了联合追捕工作。

说是联合追捕,但毕竟在人家的主场,各种侦查手段都受制于当地刑侦大队,做事情都得看人家脸色,生怕万一惹得对方不高兴了,表面上说配合,实际上根本不做事,毕竟这不是他们的案子,他们不着急,着急的是新城来的刑警。

幸好,马国强也算是个"老江湖"了,懂得这方面的规矩,在对方面前老老实实、客客气气,绝不越雷池半步。对方看到新城警方如此客气,也不好意思拖延,便全力配合。

经过各种手段侦查,发现王龙宝在河北保县有个关系人叫毛哥,此人是保县人,早年曾在新城县打工时结识了王龙宝,后来跟着王龙宝吃喝嫖赌学坏了,两人因为嫖娼一起被抓进过局子,在局子里两人因事先有过"攻守同盟约定",死不交代,虽然最后还是没有逃过一劫,但从此便成了生死兄弟。

毛哥在新城学坏后,赚了一笔黑心钱,之后便回到保县"养老"。本来毛哥是一直住在县城里的,但王龙宝来了后,发现他便搬回了乡下老宅居住,这个时间点不得不让人怀疑,是毛哥把王龙宝窝藏到了乡下,便于躲避侦查。

毛哥的老家是一个非常偏僻的小山村,村里用电都成问题,更别说监控探头了。而且全村上下总共就四五十人,来一个外人很容易引起注意,村民们又异常团结,外地的警察是根本没办法摸进去的,这样的活只能交给当地的刑警做了。

当地刑警队派出一名在这个小山村有亲戚的刑警佯装探亲进行打探。经过一天的打探,该名刑警基本上把毛哥家的位置摸准了。但是除了看到毛哥进进出出外,根本没有见到嫌犯王龙宝。

天色已晚,一行人在村外运输道边的小店吃过简单晚餐后,聚在一起商议对策。当地刑警队建议晚上毛哥家熄灯后,所有人上去抄了毛哥家,按照情报,嫌犯就藏在毛哥家里,错不了。但马国强感觉没有十足的把握,最好不要贸然行事。双方你一句我一言,气氛十分激烈,在重要决策上,马国强不再客气和退步,他要有十足的把握,这一次要百分之百确保抓到嫌犯,才能一洗之前落后于一个新警蛋子的耻辱。

最后,逼得当地刑警队实在没办法了,领头人跳了起来:"我们已经放下手中自己的活帮了你们一天了,明天我们还有一个重要任务要去做,你们要是觉得今天不合适,那也没关系,我们现在回去,反正你们也认识路了,明天你们自己来抓吧。"

这话一出,马国强也没了办法,只好从了他们。因为一来没有他们配合,这跨省抓捕在程序上就有了瑕疵,事后在法庭上万一嫌犯请了一个高明的律师,拿这点说事,那会自找麻烦;二来没有他们配合,抓捕工作难上加难,谁知道当你抓到人后,村民们是否会给你让道呢?

山里的空气非常清新,当晚没有月亮,天上的星星显得格外耀眼。当毛哥家最后一盏灯熄灭之后,刑警们拿着手铐和警棍,分多批,轻手轻脚地靠近了毛哥家的农房。保县刑警队领头人腰间别了一把54式警用手枪,毕竟嫌犯是杀人犯,对方也许会跟你拼个鱼死网破。但新城警方,因为是远途执行任务,怕出意外,所以没有带枪。

当一行人用警棍砸掉门锁,冲进去迅速控制住毛哥后,发现家里除了毛哥外,其他一个人也没有。保县刑警队带头人疑惑道,难道真的是情报搞错了?为了早点完成任务,也为了面子,他命令弟兄们不断翻找屋子,最后仍是一无所获,只有被按在地上的毛哥不断地呻吟着要投诉。

最后,一行人确定毛哥家只有毛哥一个人后,无奈只好放掉了毛哥,并不断地跟他道歉,然后陆续退出了屋子。

36. 在异地审讯

保县刑警队带头人仍心有不甘,他环顾四周,发现侧门边有个茅厕,当地人家里是没有抽水马桶的,如厕都是用自己搭的茅房。

带头人隐隐约约感觉到星光下的茅房里有个黑影,于是借口上个厕所,慢慢靠近茅房,并顺势掏出了手枪。陈聪注意到,也跟了上去。

当带头人靠近茅房的一刹那,里面的黑影突然冲了出来,只见一记响亮的棍声,黑影用手中的木棍在带头人还没反应过来之时,将其击倒在地,然后迅速反方向逃窜。陈聪见状,顾不上那么多,立即捡起带头人掉在地上的手枪,追了上去。

陈聪能感觉到其他人都还没反应过来,虽然现在脑子还比较机械化,但能意识到自己不升级武力是没法徒手顺利拿下对方的,于是他边追边将手枪上膛,并打开了保险。

"站住!"陈聪对着黑影喊道,"再不站住,我要开枪了。"

但黑影似乎并不理睬他,根本没有停下的意思。陈聪看到黑影即将窜入山林,心中一急,将枪举过头顶,朝星空方向扣下扳机。

"啪!"响亮的一声枪响,把黑影震住了,霎时停下了脚步。而此时后面反应过来追上来的姜超、马国强等人趁黑影还没从惊吓中回过神来,迅速冲了上去,一把将其按倒在地。

黑影大喊道:"你们抓我干吗?"

马国强大声回应:"抓的就是你!还逃!"

一路押着王龙宝回到所里,王龙宝在审讯室内呼喊着,似乎冤枉至极:"我真的不知道你们为什么要抓我!我就是个做夜宵的!"

"你给我老实交代,到底杀了几个人?"马国强怒视着对方,丝毫不落下风。

陈聪想,明明目前就掌握一个被害人,马组长不审问他杀人细节,却问他杀了多少人,是想要证明自己的判断是对的呢,还是只是想诈诈他?

"我一个都没杀过,你们不要冤枉好人。"嫌犯果断地否认。

"那你跑什么,还打了这里当地刑警队的大队长一棍子,幸好他扛打,要是出了人命,你又得多一条罪名。"

"你不是问我杀了多少人嘛,既然你们认为我杀了很多人,那多杀一个又有什么不同?"这个回答,让马国强更加坚信王龙宝确实杀了不止一个人,但是这回答也绕开了问题的本质,在审讯、抓捕等方面,马国强都是个老江湖了,这点小伎俩唬不住他,于是他提高嗓门道:"问你为什么要逃,还打警察?"

嫌犯一阵沉默,他一下子想不出什么好的应对方式,眼珠子转了一圈,扫了一下审讯他的人:站在他身边的有两人,其中一个就是正审讯他的马国强,看起来都像是小领导,他们身后两边还站着几个人,其中一个是已经秃头的中年人,还有两个小年轻,电脑记录桌旁坐着一个人,正在飞快地打字,门口处还站在一个穿制服、双手靠背的年轻人,看肩章应该是协警,整个不到二十平方米的审讯室内足足有七个人在围着他转。

嫌犯王龙宝心想:我王某进那么多次局子,第一次受到这么高规格的待遇,真是可以在里面吹到死了。

"问你话呢!"马国强打断了王龙宝的思绪。

"没有为什么啊,看着你们像坏人,半夜里摸进来,我还以为是土匪,能不跑吗?"王龙宝一副死猪不怕开水烫的样子。

"你还嘴硬!"马国强脾气一上来,抡起手掌就要往对方头上拍去，但他心里想到队伍纪律不允许那么做，便手举在半空，佯装要打。

"你打吧，我以前没少挨过你们打，反正打死我也没什么用，我就是一个平头老百姓。"这让马国强尴尬万分，不打下去没了面子，打下去吧要丢位子。此时，一直站在边上不发话的姜超清了清嗓子，上来打圆场，并笑眯眯地扮起了红脸："老王呀，你家的烧麦做得是老好吃的啊，我还经常去吃呢，前两天小陈他们还去吃了呢！"然后朝陈聪使了个眼色。站在姜超侧后方的陈聪心领神会，连忙点头："对对，我点了一笼烧麦，还点了一碗骨头汤。"

而站在姜超边上另一个"秃头中年人"便是赵子龙，赵子龙感觉自从陈聪抓到了线索后，所有人都和他对应了，把自己一个探长晾在了一边，有点不是滋味，不过还是要以大局为重。

王龙宝没有作声，就是轻轻笑了笑。

"你笑什么，我说的都是实话。老王啊，你想，你在咱新城还是有点名气的，别人说起来还都夸你是个爷们的……"姜超耐心地细声细语道。

王龙宝又笑了笑，看了姜超一眼，说道："姜队，我认识你，跟你也打过交道，你可能不记得了，你就别为难我了。我最近除了小赌赌，其他真没犯什么事了。"

"老王，有胆做就有胆认，不然传出去大家都要笑话你了，没想到你竟然这个熊样。"

"熊样就熊样，我瞎认罪，做替罪羊，你们案子破了，立功了，而把我毙了，良心过得去吗，你们？"王龙宝斩钉截铁的态度一度让人产生怀疑，真的是抓错了人。

至此，第一阶段的审讯陷入僵局。

37. 厅领导指示

所有人来到了会议室休息，此时天已经敞亮，山区的空气异常新鲜。这时，当地刑警队的队长头上缠着纱布走了过来，打过招呼后，指示后面跟着的人把早饭分发掉。大家一边吃着早饭，一边交流了起来。

姜超明显有点精神不振："软硬不吃啊，要打持久战了。"

赵子龙点了点头："三进宫了，有点反审查意识的。"

马国强插话道："再审审看。"

姜超突然想到手里还掌握着证据，于是问道："什么时候甩证据？"

马国强顿了顿："还早，心理防线还没破，现在抛证据，等于对三配王炸。"

姜超突然话锋一转："来一段？"

马国强心照不宣地点了点头："也可以，要么来一段。"

陈聪好奇地看着眼前两人一来一去的对话，心里痒痒的："什么来一段？"

赵子龙轻笑道："戏。"

陈聪心里更痒痒了："啊？什么戏啊？"

赵子龙："你看着就行。"

姜超："老赵，你来。"

赵子龙："啊？"

姜超："就你没开口，他不认得你声音。"

赵子龙："好吧，我去找件白衬衫。"

说完，赵子龙拿上车钥匙离开了，把陈聪愣在那里。所有人吃完又回到了审讯室，开始了第二阶段的审讯。这次还是马国强打头阵，不过这次马国强并不急，还是跟王龙宝讲起道理来，姜超也是在一边配合着，让王龙宝的神经慢慢放松了下来。

聊了一个多小时，丝毫没有什么进展，此时，姜超的电话响了起来，他当场接起"嗯"了几句后，顿时紧张了起来。电话挂了后，便附在马国强的耳旁小声说了几句话，马国强听完，顿时一阵得意，这让王龙宝丈二摸不着头脑。

然后马国强故作大声吩咐赵子龙去把墙面上的镜子擦擦，并亲自跑到外面看，又跑到里面看，并跟姜超说，没想到这种地方的审讯室也会有单面镜。这话是说给王龙宝听的，王龙宝知道公安机关的单向镜是只能外面看里面，不能里面看外面，马国强让人擦的那面镜子就是单向镜。

　　马国强和姜超两人继续审查，边审查边不时地看着门口。此时的王龙宝十分好奇，到底发生了什么事，看到马国强本来脾气暴躁的，现在这么轻松，心里想着是不是公安机关发现了什么证据。实在忍不住，王龙宝主动探问了起来："刚才干吗擦玻璃？"

　　马国强不紧不慢地回道："玻璃脏啊。"

　　"又不是自己单位的，脏就脏了呗。"王龙宝更加好奇了。

　　"你懂个屁，当然是有人要来才擦的。"马国强轻描淡写地甩出了一句话。

　　"什么人？"王龙宝突然紧张了起来。

　　"领导。"马国强瞄了他一眼，姜超还在一边故作阻止状。马国强对姜超说没关系的，这领导这么重视，说明是好事，说给他听也没关系。

　　"什么领导？"王龙宝继续问道，王龙宝在公安里见过最大的领导应该就是以前被羁押时见到的看守所所长了。

　　"厅领导，老棺材你赚了。"马国强略显赞叹地看着王龙宝。

　　"厅领导？我们省里的？"

　　"对啊，你可知道犯多大的事才能有机会见到厅里领导?"姜超也跟着附和起来。

王龙宝的脸上突然洋溢出了笑容,看起来是那么兴奋,而不是马国强他们期许的害怕,这让他们心虚了起来,想着是否穿帮了,还是有人在他面前演过这出。这出戏也就马国强以前跟姜超搭档时创造的,其他人应该不会用,马国强想道。

此时,姜超电话又响了起来,姜超说到了,马国强立马和姜超一起站到门外迎接。王龙宝把脑袋探得老长,想要看看这厅里的领导到底长啥样,能有什么花头。

遗憾的是厅里领导并没有进审讯室,而是一直在门外询问案件情况,只能隐隐约约看到一只穿着白色制式衬衫的胳膊在门口晃悠,边上还有一个拎包的一直在点头。

但是王龙宝能清楚地听到,穿白衬衫厅领导问到了证据方面,他听到马国强小声地回答,这样子可一点都不像平时那个时不时爆粗口的样子,马国强表示已经掌握了很多证据,具体什么王龙宝实在听不清。最后厅领导厉声指示,要好好审查,老实交代了可能还有活路,不交代死路一条,直接"零口供"上法庭,倒是要看看掌握的证据能不能判他个死刑。

听到死刑,王龙宝却表现得异常镇静,似乎他早就知道,等待他的命运早该如此。

38. 确认过眼神

王龙宝虽然没有见到"厅领导"的脸,但以他自己的阅历,他知道只有很高级别的警察才能穿上白制服,凭白制服这一点,再加上自己的推断,让他确定了门外站着的是真的厅领导。

等厅领导指示完,马国强和姜超回到了审讯室,但这次他俩不是吊儿郎当地站着,而是在电脑记录桌前正襟危坐,非常规范地念起了权利义务告知书。

"行了,别念了,我知道权利义务,差不多都能背出来了。"王龙宝打断道。

马国强和姜超两人假装面面相觑。

"你们也别耽误领导时间了,我知道领导在镜子后面看着,我老王这辈子能见着这么大的领导也算是不白干了,进去了也可以吹吹了。"

"既然你知道领导时间宝贵,那还不如实交代!"姜超也严肃地说道。

"你们说说看,你们掌握了哪些证据,我要是觉得对的,我就全交代了;要是不对,你们就只能自己想办法了,别怪我在领导面前不给你们面子了。"

听到这里,马国强和姜超知道对方上套了,紧张得在桌子下两人握起了手来,但是没想到对方也下了个套,要证据。如果证据全摊上来了,就像打牌一样,把牌都给对方看到了,要是底牌不够大,没镇住对方,接下来再出就难了。

陈聪则在一旁看得一愣一愣的,学校里可学不到这些。

一阵沉寂后,马国强使劲地捏了下姜超的手,决定摊牌,而姜超则使劲拉马国强,意思是这是圈套。两人的手在桌下你来我往,像极了一对情侣。

此时,王龙宝率先打破了僵局:"你们不是有证据吗?难道是骗领导的?"

"我怎么可能骗厅长。"马国强说道。

"厅长啊……"王龙宝低声自言自语了一句,显然王龙宝是那种觉得自己被那么重视,犯这个案也值了的心态。

姜超说道:"老王,这可是你自己说的,我信任你,你信任我,我把证据全告诉你。"

马国强没想到,姜超抢了先机。嫌犯是谁审开的,也是要计一功的。马国强心里直喊冤,他感觉证据确凿,拿出来没什么问题。

于是姜超将视频监控、DNA 鉴定、证人证言以及抓获的卖淫团伙的主脑的语词等证据一一抛了出来,其实姜超早想讲了,现在机会终于到了。王龙宝听完,哈哈大笑了起来,说道:"证据确实挺全了,我不认也不行了,其实我早就做好准备了,从我杀第一个人开始,就没打算再活多久了。"

"第一个人?"姜超道。

"没错,你们不是问我杀了多少人吗?"王龙宝道。

"听你慢慢道来。"马国强抢过问话权。

王龙宝说:"想必你们也没掌握吧,那我反悔了,我不讲了。"

马国强笑了笑,指了指镜子,镜子后面立马闪出一个人影,是重案组的一个成员,只见他手里拿的手持摄录机,正在摄录的红灯一闪一闪发着光。

王龙宝知道全程被录音录像了,大笑了起来:"行,我交代,反正也值了。"

39. 一切都是命

王龙宝一五一十地交代了从一年前开始不断把卖淫女子骗到军院小区实施先奸后杀的犯罪事实,并交代了从外地买了绞肉机,把肉绞碎了通过马桶冲掉的作案经过。王龙宝慢慢讲着,跟讲自己的传奇故事一样,越讲越兴奋,因为他始终能看到一条穿着白衬衫的胳膊在外面晃悠着。他感觉到自己第一次这么受人重视,打开了这么多年心中的心结。

原来王龙宝平时就是吃喝嫖赌,过着十分糜烂的日子,子女也好,亲戚也好,邻居也好,都十分看不起他,没有什么人真正在乎他,这使得他变本加厉地过着这种荒唐的生活。没钱了,就去偷点、骗点,直到有一天,他和一个卖淫女产生了感情,在得知这个女的银行卡里有十万块钱后,就逼她说出了密码,并失手杀了她,然后就用绞肉机碎尸的办法,找到了军院小区这个地方,开了锁之后,在房间里毁尸灭迹了。

接下来,他用这十万块钱开了"王记烧麦店",想要洗心革面,好好做人。但是生意并不好,濒临倒闭边缘。之后,他就想到了继续劫持卖淫女,又劫财又劫色,想着反正卖淫女没人管,失踪了也不会有人报警。就这样到案发前,总共杀了十一个人之多,劫到钱财三十多万元。

这让所有人为之一震,他们本以为顶多杀了两三个,没想到一不小心破了一个惊天大案,十一条性命,这在全国史无前例。陈聪想,这下子新城县要哗然了。

交接手续完成后,一行人将王龙宝套上头套,戴上手铐和脚镣,押回了新城。在新城,早就有无数的记者和媒体等候在火车站出口了。几位办案人员和戴着头套的嫌犯的照片瞬间出现在各大媒体的头版头条,甚至连这六名侦查员的名字都被扒了出来,成为老百姓心中的英雄。

陈聪这下子乐了,没想到误打误撞中,他竟然实现了入警愿望,破了大要案,成了一名警队英雄。金婷婷在医院得到消息,急忙跟陈聪打了个电话,两人说起了悄悄话。陆子心看到了网络报道,给陈聪发了条微信,只有两个字:"祝贺。"而关于这位叫"陆子心"的女孩子,我们等一下再说她的来历。而当这些报纸出现在陈坚眼前的时候,陈坚使劲叹了一口气,淡淡地也说了两个字:"麻烦。"

陈聪和赵子龙看到现场勘查报告,发现马桶通向的蓄粪池里并没有发现大量的人体碎肉和碎骨,两人探讨了起来,想到了炒面阿婆说起人力三轮车里的肉时,两人突然联想到了,会不会大部分肉和骨头被运到了"王记烧麦店"里。

两人不敢再往下想,因为一想到当晚吃了那么多烧麦和骨头汤,再想到犯罪现场那一锅人头汤,两人不禁再次井喷,呕吐不止。

40. 调离刑警队

新城县的民警和百姓们还沉浸在破获大要案的喜悦中,到处是鞭炮声和碰杯声,而公安局局长李想的办公室内却端坐着两个人,一个是新城县暴力机关权力最大的李想局长,一个是新城县最富有的陈坚董事长,两人不停地抽着烟,让这间本来就不大的办公室烟雾缭绕,仿佛置身仙境一般。

"陈董啊,我明白你的用意,可是陈聪这小子在破案上确实有一套,我还想好好栽培呢。你知道我也是刑侦出身,我是惜才如命啊,现在我们局里刑侦线上人才都断层了,这是棵好苗子,这完全不是出于你的关系啊。"李局长说的是心里话,如果说第一次在陈宅看到陈聪,第一次亲自把陈聪送到明湖派出所任职,是因为陈坚的关系,那么,这几年的相处,李想是真的看在眼里,陈聪身上丝毫没有公子哥的娇惯,而是极富刑侦天赋,推理能力和行动力更是在一些老刑警之上。

"老李啊，我知道，你的心意我领了，但我真不希望他太出挑，你就体谅下一个老父亲的心情，把他调离刑侦吧，让他安稳地过完这一生。我是真不求他能建功立业，只希望他平平安安。你也知道，我就这么一个儿子。"陈坚说的也是实话，他确实希望陈聪安全就好，当然，陈坚没有说出来的，是背后那么多不可告人的秘密。

"真的决定了？"李想心里清楚，陈坚是一个说一不二的人。

"决定了。"陈坚的脸上显现出异常坚定的表情。

李想遗憾地点了点头，"那好吧，我把他调到机关轻闲的部门，顺便给他提一提。"

"别，调离就行。"陈坚似乎没有让对方还口的余地。

"哎，你……"

"就当锻炼锻炼，磨一磨他的意志吧。"

"好吧。"

说完，李局长拿起电话，把汪副局长叫了过来……

当天晚上，姜超私下安排的小范围庆功宴，正当一帮人酒酣之际，姜超接到了汪副局长的电话，然后便走出包厢接听，当姜超回来后，脸色明显不对。众人问其何事，姜超理了理思绪，笑了笑说没事，大家继续。

酒足饭饱，大家各自散去，姜超要陈聪陪他走走。陈聪刚立功，正处于内心膨胀之际，以为姜超有什么好话要讲，类似要重用他之类的。但没想到的是，姜超告诉陈聪，从明天起，他将被调入公安局后勤科，要他回单位整理一下个人物品。

陈聪起先一愣，以为姜超在开玩笑，当确认是事实后，他首先想到的是自己得罪谁了，可是，想了一圈也想不出到底得罪了谁。再想，要么是金婷婷的事，但他不是已经将功补过了吗？就算不计他功，那也不至于被调走啊，难道这职场真的像古人说的那样"鸟尽弓藏"？现在是要秋后算账？但他又一想，就算真的是鸟尽弓藏，那以他父亲的影响力，也没人敢随便动他啊，他实在想不明白。

姜超何尝不是想不明白，这一路的相处，姜超真真切切地看在眼里，这哪里是一个公子哥，每次出差，陈聪都是第一个冲在前头，别说不怕苦不怕累这样的话，就是再艰苦的条件，也是硬咬着牙不吭一声，姜超是打心眼里喜欢这个小伙子，即便他还那么稚嫩，那么好奇和懵懂。

陈聪回到明湖派出所，含泪收拾好自己的东西后，悄悄地从门口溜了出去。他害怕别人看见他狼狈的样子，他也受不了别人的嘲笑，从苦拼到成名，因为领导一个决定又瞬间跌落神坛。

回到家，陈聪立马向父亲陈坚抱怨起来，他如今想到能帮助他不离开刑侦队的人只有他父亲了,他请求父亲去跟领导打个招呼把自己留下来,这是陈聪第一次跟父亲提这种要求,陈聪一直相当独立,尤其是在工作方面,从来不要家里人帮忙,甚至排斥这种不公平竞争。

正当他满心觉得只要自己一开口,父亲便能帮他实现愿望时,父亲的一句话顿时劈头盖脸地浇了他一盆冷水。陈坚冷冷地说:"是我让他们把你调离的。"

"为什么?"陈聪的脑海里只剩下这一个问题。当初考上警校的时候,当初要去明湖派出所的时候,父亲分明是很支持的;而此刻,在自己对这个岗位十分热爱,与所里的兄弟们有了如此深重的情谊后,他却要自己离开。

"为你好。"陈坚的脸上,显露出从未有过的凝重,陈坚确实没有想到,没有想到陈聪会如此出色,原以为给他一个小岗位去玩玩也就算了,谁承想——大概真是"虎父无犬子"吧。

而此时,陈聪的母亲贾珍也过来了,安慰了一下陈聪,并嘱咐他要听爸爸的安排,一切都是为了他好。在接下来的质问中,陈聪再也控制不住自己的情绪,把二十多年来父亲对自己所有生活的强势安排带来的压抑和愤怒一股脑儿用狠话发泄了出来。随后,摔门而去。

陈坚没有阻拦,但这次的态度异常坚定,坚定得让陈聪突然觉得很陌生,在最后淡淡地补充了一句:"记得明天准时去报到。"

看着陈聪的背影渐渐远离,陈坚的眼神从冰冷慢慢变成了失落,随后从脖子里拿出了一颗子弹挂坠,带着泪水呢喃道:"正国,大哥啊!原谅我!"

而此时,在遥远的北京,一个男子坐在公园的长凳上,看着报道新城县凶杀案的报纸。看了一会儿,男子凶恶的目光锁定在了陈聪的名字和相片上,嘴角微微露出了一丝冷笑。

北京的初夏还有些许寒意,但男子丝毫没有在意,他将报纸的报道部分小心地撕了下来,并折叠好放进了衣兜,然后把手中的烟头直接用手指掐灭,装进了事先准备好的封袋中,在袋子里的还有其他很多长短不一的烟蒂。

他是一个谨慎到可怖的人。

41. 真的第一次

陈聪并没有回自己家,也没有去单位,而是来到了医院,金婷婷住院的那个独立病房。陈聪把情况跟金婷婷一五一十说了一遍,在他心里,除了金婷婷这世上已经没有可以信任的人了。陈聪说着说着,委屈的泪水便喷涌而出,都说"男儿有泪不轻弹",他难为情地别过头,不用手擦拭,假装自己很坚强,并没有流泪。

但是,回想起从入警到现在,自己从最初的只是懵懂新奇,到这段时间跟所里兄弟们的相处,一起流汗一起办案,一起去几百公里以外调查案件,一起吃路边摊,一起欢笑,已经建立起那么深厚的感情,而此时,说走就要走,任谁都会依依不舍的吧。

金婷婷看着心疼,伸手帮陈聪擦了擦眼泪,问道:"脸怎么这么烫,喝了多少酒?"

陈聪的舌头明显已经开始打结,话也开始说不利索:

"大概喝了五，不对，六瓶啤酒，嗯，啤酒……"

金婷婷轻拍陈聪的背，温柔得像个母亲看着自己的孩子一般，

"怎么样，几成了？"

"原来有七八成了，但是被这事一搅和，感觉又没了醉意。"

"那要不要再喝点？"

"没带酒。"

"我有。"

说罢，便从床底下的夹层里拎出了一瓶酒，这是一瓶1.5斤装的俄罗斯伏特加，已经喝掉了五分之一，陈聪很诧异，金婷婷眨巴着眼睛说："你既然见过我抽烟，那再看我喝酒怎么了？"

陈聪发现金婷婷在自己面前已经没有初识时的羞涩了，话题一转道："这酒几度啊？"

金婷婷轻描淡写地看了陈聪一眼，说："40度呀。"

陈聪心想，才40度而已，但他却没有估算过自己的酒量，连3.8度的啤酒都扛不住。

金婷婷又问："你喝过没？"

陈聪想想，自己见是见过，倒还真没喝过这个度数的酒，家里从来都是只让喝红酒。

金婷婷一边坏坏地笑，一边假装怂恿道："那……要

不要试试?"

陈聪想,试试就试试。在金婷婷面前,陈聪似乎找到了无拘无束的感觉,或许从小到大,自己真的是一只活在笼子里的金丝雀,所以,才想着过不一样的生活,所以才会那么看不上朱悠悠这样出身的女孩子。

于是俩人你一口我一口直接对着酒瓶吹了起来,酒很辣,陈聪每一口都要大声"呼哧"一下,而金婷婷则云淡风轻。

半瓶酒下肚,陈聪突然转过头问:"你经常喝?"

金婷婷顿了顿,理由跟抽烟一起,家庭的原因,让她学会了抽烟喝酒,一想到有家暴的父亲和离她而去的母亲,她就想喝一口。或许,从某种程度上来说,酒精也是个好东西,能让人暂时忘掉一些不愿意记得的痛楚。

陈聪听了金婷婷的经历,突然也温柔了起来,眼前这个女孩子,比起自己,似乎承受得更多,"你应该学会放下。"金婷婷拍了一下陈聪的脑袋,亲了亲他额头,说傻瓜。陈聪夺过酒瓶猛喝了一口,亲了回去。

看来,两人真的是喝多了。

不知过了多久,两人将一瓶伏特加全部干掉了,神情恍惚间,两人相拥而吻,全然不顾是在医院的病房。正当陈聪抛开一切,脱掉鞋子,爬到病床上时,门突然"吱呀"开了。

值夜班的单身老护士虽然是过来人,但没见过这种场面,手中的吊瓶"啪"地掉到了地上,把陈聪吓得立马跳下了床。

"干什么的?"护士大声问道,"谁允许你们喝酒了?"

金婷婷大声笑了出来,也立马从床上爬了下来,披上外套,拉起被吓傻的陈聪,夺门而出,只留下护士一人在原地,不知所措。金婷婷拉着陈聪一路狂奔,陈聪喘着粗气,喊着"你身体要不要紧",金婷婷只顾咯咯地笑,全然不顾陈聪的发问。

两人跑到了医院附近的明湖公园,在湖边的草坪上,金婷婷一把将陈聪推倒,此时已经是半夜三点,整个公园只有他们两个人。

明湖在柔和月光的映照下,泛起丝丝银色波光,照得金婷婷的脸庞异常温柔。金婷婷俯下身,全然不顾草坪上的些许微露带来的凉意,两手撑地,在陈聪的嘴上吻了下去,继续刚才未完成却注定要完成的神圣使命。

就这样,两人在草坡上缠绵了起来。

两人完成了心灵与肉体的第一次完全交融。

42. 遇袭险丧命

一大早,陈聪和金婷婷两人被公园跳早舞的大妈们吵醒了,大妈们实在不能容忍这对一大早就在这里秀恩爱的小年轻,于是跳啊跳着,就故意挤起了两人。于是,两人立马牵起手逃离了"犯罪现场"。

来到医院外,金婷婷挽着陈聪的胳膊,问陈聪有什么打算。陈聪咬了咬牙,"还能咋办,去报到呗。"虽然是满心的不愿意,但陈聪太了解父亲的脾气和权势,一旦是他认定的事情,几乎没有可以商量的余地。

金婷婷略显幽怨地看着陈聪,"你真不打算做刑警了?"陈聪想着至少还是个警察,只要他还是警察,他就不应该辜负这身制服和当初的入警誓言吧。金婷婷没再说什么,吻别陈聪,她逃也似的跑进了医院。而陈聪坐了一辆出租车,往公安局机关大院驶去。

在新的单位,都是新面孔,虽然后勤科的级别跟刑侦大队一样，而且后勤科领导加兵总共才寥寥五个人，其中领导就占三个，还有一个"躺倒"的老民警，怎么算，升迁途径都比基层大不止一点点，只要他好好做，随便哪个领导退了，他就有位子。但陈聪现在丝毫没有了当初想要做领导的热情，他想，也许，这就是所谓的成长吧。

过了一个多月，陈聪在后勤科已经熟门熟路，但他主要的社交活动还限于原来的同事——姜超、赵子龙、老甲鱼、小狼狗等人。几乎所有人都羡慕他调离了基层，过上了朝九晚五稳定的职场生活。但只有金婷婷懂他，时不时地在偷偷幽会时安慰他几句，叮嘱他好好上班。

这天，陈聪下班开着小车去接了金婷婷，正准备去吃个小饭，幽个小会。当车开到一条偏僻的没有监控的小路上时，突然遭到了一辆无牌面包车的追尾。陈聪下车查看情况，而从面包车上下来了一个戴着口罩和鸭舌帽的男子，这名男子正是从北京远道而来，抽烟不乱扔烟蒂的那个人。后来陈聪知道此人是一个极度危险的人，他就是白鬼。

白鬼下了车，一只手插在裤兜里，问道："陈聪吧？"

陈聪觉得奇怪，问他怎么知道自己的名字。白鬼确认是陈聪后，二话不说，把插在裤兜里的手伸了出来，同时手中还拿着一把匕首，一个箭步上来就要刺陈聪。陈聪始料未及，急忙后退，一不小心就摔倒在了地上。

白鬼急忙扑了上去，对着陈聪的头部就要猛刺；陈聪见状，两手上前，一把抓住了刀子的双刃。白鬼使劲地往下刺去，陈聪丝毫不敢放松，那是要命的事情。鲜血顺着两手流到了手臂上，再到身上，把短袖染得通红。疼痛使得陈聪大声叫喊了出来。

金婷婷在车里发现情况不对，立马下车捡起路边的砖头便冲了上去。金婷婷用砖头一把拍在了白鬼头上，把白鬼拍得头晕目眩。白鬼起身，摸了摸头部，满手是血，于是转头便扎进面包车里。金婷婷想要追过去，只见面包车启动后直接撞向了金婷婷。金婷婷急忙闪到一边，躲过了撞击，只见面包车停也不停地继续向前驶去飞快地逃离了现场。

金婷婷急忙将陈聪扶了起来，确认没有大碍后，问陈聪怎么办，要不要报警。

陈聪摸着自己还在流血的手臂说："我们就是警察。"

金婷婷急得直跳，一边焦急地看着受伤的陈聪，一边嚷嚷着："那总得报告上级吧，看是以前做刑警时得罪了什么人。"

陈聪心里打起了鼓，最近倒霉事怎么这么多，想着这事先别说，查查看是什么路子。金婷婷问怎么查。

陈聪指了指砖头上的血迹说："这个。"

陈聪让金婷婷从车里拿出一个干净的袋子，小心翼翼地把砖头装了起来,两人对伤口做简单的处理后,急忙赶到了物证鉴定室,用私人关系让技术员比对DNA。

43. 招谁惹谁了

第二天,陈聪跟单位请了个假,直接来到了物证鉴定室,找到了技术员。技术员把比对出来的身份信息给了陈聪,陈聪立马把身份信息发给了金婷婷。金婷婷就通过情报渠道打听了起来。

碰面后,金婷婷告诉陈聪,以她的渠道,除了基本身份信息外,只能查到此人叫"白鬼",十多年前的时候,随着一位北京富商来到新城县,后来那位富商死于非命,这人便也消失不见,据说此人是富商的保镖。

"富商?保镖?跟我有什么关系?"陈聪疑惑道。

"十多年前?"陈聪继续沉思,"难道是王爷?"

"王爷?"金婷婷答道,"王爷不就是死在那个工地的那个人吗?这个案件当时不是轰动一时,办案人员都盯上了你爸……"

金婷婷说着,突然捂住了自己的嘴,感觉自己说多了。

陈聪不以为然道："没事，这事我早听过很多版本，都说是我爸杀的王爷。我爸虽然很强势，但他一个生意人，杀人没有必要吧，况且我看我爸还是个挺有正义感的人。"其实陈聪嘴上这么说，心里还是有所怀疑的，因为父亲远没有自己想象的那么简单，那么匿名信指出的事情还有父亲隐藏的穿着军装的照片，似乎都和最近发生的事情，有着不可言说的千丝万缕的关系。

当然，陈坚是陈聪的父亲，于情于理他都要为自己的父亲辩护，但陈聪说的也都是发自内心的，他的的确确感觉自己的父亲是一个充满正义感的人。如果不是个商人，做个警察或者当个什么官的话，他感觉可能还是一个好警察或好官员。

"你还知道些什么？"陈聪补充道。

"你不介意吗？"

"你尽管说。"

于是金婷婷把知道的都告诉了陈聪。金婷婷毕竟是情报系统的，知道的比陈聪多多了。金婷婷告诉陈聪，当年这个案件还惊动了国安部，正当新城县公安局查案查得热火朝天的时候，国安部直接派专员过来了。据说国安部的官员走后，就再也没有任何人提及这起案件了，更别说查案，甚至听闻这起案件的档案都被国安部来的官员带走了。当然，这些都只是传言，但是很明显，这个案子在当时和后来的很长一段时间里，都成了不可说的秘密。

陈聪听了，觉得有些蹊跷，最近怎么什么奇怪事都汇集到一起了。先是卖淫集团的首脑听到是陈聪后，就没有继续动手了；然后是重案组的马国强，当提到"王爷案"的时候一再告诉陈聪，没有说更多是为他好；接着又有疑似王爷的老部下白鬼专程过来刺杀他。

"我到底是招谁惹谁了？"陈聪愤愤地说道，"这跟我到底有什么关系？"

金婷婷顿了顿，说："那个王龙宝的案件牵扯出来的卖淫团伙，因为证据不足，那个主脑要被放了。"

"放了？"陈聪诧异道，"他不是都承认了吗？"

"对啊，但是光凭口供是不能定罪的啊，这个你也知道，要定罪，要把嫖客们都找出来，哪个嫖客愿意作这种证啊？"

"这不是扯淡嘛！"陈聪更加气愤，"他什么时候出来？"

金婷婷看了看表："今天早上八点。"

陈聪一看，已经十点了，急忙打电话到看守所。看守所回复今天早上要放的人太多，陈聪要找的人还在排着队呢。

陈聪大喜，要求看守所把他再留一留。看守所说，他们没这个权利。陈聪说，给个面子。看守所说，只给局领导面子。陈聪一阵气,问,还有多久。看守所说下一个就是他了。

陈聪立马挂掉电话,拉起金婷婷上了车,"轰"地一踩油门,直奔新城县看守所。

44. 接黑子出狱

卖淫集团的主使叫黑子,四十出头,身材中等偏小,但身形矫健。练武的人都知道,亚洲男性最适合练武的身高是在一百七十三厘米左右,不能低于一百七十厘米,也不能高于一百七十五厘米,块头大了不灵活,块头小了没力气,也不需要满身肌肉,但要精实。像李小龙身高正好是一百七十三厘米,吴京、甄子丹都是一百七十五厘米,等等,黑子的骨骼就在练武奇才区间。

黑子出了看守所,看到陈聪和金婷婷气喘吁吁地站在门口,斜嘴笑了笑,平静地说道:"知道你会来,但没想到这么晚。"

陈聪想起那天晚上,黑子听到自己的名字后的反应,立马问道:"你认识我,对吧?"

黑子笑笑,瞥了陈聪一眼,答:"看来,陈坚的儿子不过如此,枉他回避到现在。"

陈聪更加疑惑:"回避什么?我爸为什么要回避?"

黑子摸了摸口袋,发现空无一物,于是对着陈聪又露出了他那招牌式的斜嘴笑:"你真想知道?"

"想知道。"

"先给我根烟。"

"……"

陈聪摸了摸口袋,他本身就不会抽烟,所以也很少带烟,于是就往金婷婷口袋里摸,终于在金婷婷的上衣口袋里摸到了一包又扁又平的女士烟。陈聪抽出了一根,看到烟身又细又长,有些难为情,但也没办法,递给了黑子。

"打火机。"

"哦……好。"

陈聪刚把手掏出来,又急忙伸进了金婷婷的衣兜,金婷婷这回有意见了:"我说你也真不把我当外人了?"

陈聪嘿嘿地笑了笑,"自家人,自家人,外什么人呀?"掏出了打火机,给黑子"啪嗒"点着了烟。

黑子猛抽了一口,缓缓地吐出烟圈,神情舒展道:"没想到,还能让警察给我点烟,舒坦!"

"现在可以告诉我了吧?"

"就这里?我还没吃早饭呢!"

"行……"陈聪毕竟年轻,对黑子的各种要求表现出了不耐烦,"上车,带你吃早饭!"

"听说你们这儿的烧麦挺好吃？"

"别提烧麦，一听那名字就想吐！"陈聪一想起军院小区那场面，对烧麦早已没有了任何好感。

"行，小笼包吧。"黑子又提议道。

这回陈聪答应了他。一路上，气氛略显尴尬，黑子想到啥说啥的性格让陈聪有些不喜欢，尤其是他以"金婷婷摔下楼的事道歉"为借口不断骚扰金婷婷，让陈聪恼怒不已，但为了尽早得到真相，陈聪强压怒气，全部忍了下来，他凭那天黑子放他一马，判断黑子这个人只是表面坏一点，内心其实应该是善良的。

到了早餐店，三人坐到了室外的一个比较清静的桌子边，黑子共点了一笼小笼包，一碟锅贴，两个荷包蛋，还有两瓶冰啤酒。陈聪被黑子的直来直往带动了起来，也口无遮拦地埋怨起来，直言要被黑子吃穷。黑子只管嘿嘿嘿，没有再刁难陈聪，然后直接用牙齿咬开了啤酒盖，也不要杯子，直接"咕咚咕咚"吹了起来。

"爽！"黑子一口气吹掉了一整瓶啤酒，然后用老方法开了第二瓶。

"我说你先吃点包子什么的，别把胃喝坏了。"陈聪善意提醒道。

"嘿嘿嘿，陈公子有心了。"黑子说道，两人似乎打开了话匣子。

随后,黑子一边吃早餐,一边慢慢道出陈聪所不知道的也无法接受的现实。

45. 王爷是叛徒

在二十多年前的一个夜晚,也是初夏之夜,正逢换季,江南小城新城县刚刚迎来了梅雨季节,雷雨交加。

两个黑影从新城县郊外的军用火车站下了车,新城县是没有民用火车站的,只有一个用于运送军用物资的军用火车站。下车后,两人冒着雨前行,能明显看到其中身材魁梧、年纪更大一点的人手中还抱着一个小孩,这个人便是陈坚,他手中抱着的人便是陈聪。而一路跟随陈坚,身材略小,看起来更像是帮手的那个黑影便是黑子。

两人冒雨来到了一个老旧招待所,小陈聪不断啼哭,陈坚不停地哄着,但丝毫不起作用,于是黑子上前哄了起来,也没用,看来小陈聪是饿了。黑子赶紧从包里拿出一个奶壶,泡上了一壶奶,塞进了陈聪嘴里,陈聪这才停止哭泣。

这时,从门外进来了一个和陈坚一样魁梧的人,看了看四周没人后，赶紧将门反锁，然后与陈坚、黑子围拢至一起，轻声交谈了起来。他们谈了什么，没有人知道，但能明显看到陈坚对黑子做了一个手掌抹脖子的动作，看起来像是黑手党教父在指示仆从去进行暗杀，黑子配合地点了点头。

自此之后，陈坚和黑子便在新城县居住了下来，并做起了一些小本生意。

听到这儿，陈聪急忙摇头："你在说什么，我为什么完全不明白，我父亲跟我母亲不是土生土长的本地人吗？"实际上，陈聪知道，眼前的这个黑子很有可能就是那个匿名信的主人，为了得到更多更详细的关于自己身世的资料，陈聪需要表现出自己的无知。

"不，他们都不是本地人，他们是外地人。"黑子纠正道。

当陈聪长到三岁，需要开始进行教育的时候，陈聪的母亲贾珍从外地赶了过来，当时陈坚在新城县已经混得比较好了，有了自己的公司。贾珍过来后，陈坚的生意更加顺风顺水，没几年就已经能够和新城县一些头面人物共坐一桌。正当一切都非常顺利的时候，王爷来了。

"王爷？"陈聪马上提起了精神，"是不是北京来的？"

"没错，你应该听过他的事情，他被人削了脑袋。"

黑子淡淡地说道。

"我知道,但我听到的版本太多,我不知道哪个是真的。"陈聪觉得自己正在慢慢靠近那些蒙着面纱的真相了。

"都是哪听来的?"

"我同事们啊……"

"他们知道个屁!"

"怎么说都是刑警,多少知道点皮毛吧。"

"那你知道王爷是被谁杀的吗?"

"谁?"陈聪睁大了眼睛。

黑子观察了一下四周,确认没有人,然后压低嗓门贴着陈聪的耳朵说道:"我!"

"你?"陈聪的眼睛睁得更大,像极了一颗玻璃弹珠。

"对,是我。"黑子的轻描淡写,让人觉得,对于王爷的死,他完全没有任何负罪感,相反,还天经地义得很。

"为什么?"陈聪还没反应过来,"他不是死在我家工地吗?"

"对啊,正是在那儿,用我的小钢刀,一刀下去,干净利落。他是个叛徒!"黑子越说越发露出沉醉的表情,似乎深陷在自己的故事里。

没错,对于陈坚、黑子来说,王爷的确是个叛徒。

那一年,王爷的的确确来到了新城县发展,至于京城这么有权势的商人为什么会突然造访这么一个江南小城,谁也不知道,据说是王爷听说国家将重点布局发展小城市,这不,王爷死后的十几年,新城县的高楼大厦如雨后春笋一般冒了出来,而这里面有很多都是陈坚建造的。

46. 黑子的命运

早餐很快就吃完了,陈聪还意犹未尽,黑子却伸出了双手放到陈聪面前,示意陈聪此时应该将其铐上,

"好了,逮捕我吧,你破获了新城有史以来最专业的杀人案了。"

陈聪急忙摇了摇头:"你能从卖淫案脱身,现在就凭你自己的说辞逮捕你,明显还不合适。"其实陈聪还没有做更多打算,只想把事情听完整。

黑子斜嘴又笑了笑,说道:"可以啊,不愧是陈坚的儿子,那我再陪你多玩玩。"

陈聪也笑了笑:"我有很多疑问,先别管别的,你说说为什么要告诉我这些。"

"你不需要知道那么多,你只要知道我不会害你,我还能告诉你,你父亲不叫陈坚,叫吴海峰,你们父子之间的关系也没那么简单。"

"什么……"这让陈聪倍感压抑,仿佛一块石头压在了胸口,他父亲竟然真的还有一个名字。

"不要告诉他,你跟我黑子见面这回事,你想知道真相大可以自己去问他。还有,让他放下执念,忘了晨星,忘了王正国,忘了曹安佳,离开这里,做一个普通人。"黑子的口中,迸出一连串过往的名字,而这个过往,只有一起经历过的人才会清楚意味着什么。

金婷婷一直在旁边默默地听着,虽然这些信息来得很突然,但她作为一个局外人,能更清楚地在脑海中整理线索,她知道陈聪的家庭不一般,这种神仙打架不是一般平民百姓能够理解的。她突然想到了面包车追尾,然后下来一个人要刺杀陈聪的事,其中一定有关联。当务之急,金婷婷的脑海里最重要的事情是保证陈聪的安全,所以,这个人一定要搞清楚是谁,才能反制。

想到这,金婷婷突然抓起了陈聪的手,使劲在伤口上一捏,疼得陈聪哇哇叫。这招果然奏效,黑子急忙问手上的伤是怎么回事,于是陈聪把事情的经过一五一十跟黑子说了一通,黑子问细节特征,陈聪只能说出口罩和帽子的特征,黑子说口罩帽子有名字吗?陈聪说这怎么会有名字。黑子急得破口大骂。

这时,金婷婷插了进来,据金婷婷回忆,那人的口罩和帽子虽然盖住了头部大部分特征,但还是能观察到他的后脑勺上的头发是黑里透白的,而他的鼻翼两侧的皮肤也有一块块泛白,似乎得了什么病。黑子询问是不是白癜风,金婷婷说有可能。黑子问年纪多大,金婷婷说不知道,但应该不年轻了,走路都有点弯腰了。

黑子大惊:"是白鬼!"

"白鬼是谁?"

"老朋友,但比我危险多了。"

金婷婷说:"拍电影呢,一黑一白的。"

黑子说:"远比电影真实。"然后黑子叮嘱陈聪,"赶紧回家找你父亲,这里已经不安全了。"

然后,转身离去,头也不回。

陈聪急忙跟上前,他不希望黑子在还没说清楚事情之前就这样离去,况且如果真如黑子所说,他是"王爷案"的真凶的话,陈聪还要考虑要不要逮捕他。最重要的是,他要搞清楚,黑子跟他父亲是什么关系,为什么不约而同来到这个城市,现在又分道扬镳,似乎还夹杂着些许怨恨。如果黑子是凶手,那他父亲又扮演了什么角色。另外,当年晨星的死、王正国和曹安佳的故事,到底还隐藏着怎样的秘密。他只是一个小警察,只想好好破案,或者做个小英雄,抑或当个小领导,可现在却要他面对这么复杂的局面。

黑子没有停下来的意思，径直穿过马路，陈聪也跟了过去。正当陈聪追上黑子时，他发现远处有辆大型SUV正急速驶来，丝毫没有减速的意思。陈聪想，开那么快，撞上人可要撞死的吧，赶紧穿过马路吧。

这么想着，陈聪急忙提醒黑子赶紧过马路。黑子转头看了一眼，大喊"不好"，赶紧拉起陈聪向前跑，只见SUV也顺着他们的奔跑方向改变了轨道，直冲而去。眼看将要撞上，黑子一把将陈聪推向前，把自己留在了原地。

陈聪一个踉跄，扑倒在地，然后"嘭"的一声，他知道黑子完了。

SUV停也没停地逃离了现场，只剩下现场的碎玻璃渣和塑料碎片，还有躺在血泊里的黑子。

陈聪赶紧爬了起来，望向倒在血地里的黑子，场面惨不忍睹，被撞得四肢几乎分离。陈聪上去查看，黑子早已没了气，更别说还有没有最后遗言什么的。

陈聪知道此地不宜久留，否则接一个嫌疑犯出狱，还让他被撞死了，怎么也说不清楚。于是他让路人拨打了报警电话，自己则和金婷婷赶紧离开了现场。

在远去的SUV里，驾驶员白鬼拿起了电话，大声地咳嗽了一声，然后低声说道："老板，目标清除，可以落地。"

陈聪现在只剩下父亲一条线索，他想知道更多，只能去找自己的父亲了。这次，陈聪不再让金婷婷跟着，他知道自己一路凶险，不能再连累身边的人。于是他以让金婷婷查信息为由支开了她，独自一人开着车回家。一路上，他不由得怨恨起父亲来，为什么什么事情都没有告诉自己，他到底在隐瞒什么，让自己身处如此险境。

吴海峰？我爸真名真的是叫吴海峰吗？吴海峰到底是谁？他真的像传闻中所说是为了要独吞新城县的地产生意，而和黑子一起杀掉了王爷吗？如果这幕后的真凶真的是我爸，我该怎么办？我可是个警察啊？还有，白鬼到底是谁？他是来报仇的吗？

陈聪的脑海，已经被各种各样的问题，填得满满的。

47. 背后的势力

一连串的问题直逼陈聪的脑袋,就像是无数奔腾的野牛在脑海里狂奔不止,让他头痛不已。

"对,一定是来找我爸报仇的,所以才会来伤害我,撞死黑子的肯定也是他,因为是黑子受我爸指使下的手,那么,这个叫白鬼的肯定是王爷的人。"想到这,陈聪立马叫金婷婷查王爷身边的关系人。

金婷婷立马通过情报网络开始四处搜索信息。

没一会儿,金婷婷回了电话:"王爷有个手下确实得了白癜风,那个人在王爷来新城前去了美国,直到前段时间才回北京,应该就是白鬼没错。不过,他的身份信息和上次查的白鬼身份信息不一致,很有可能有两个不同的身份,有不同合法身份的人,要么是间谍,要么是巨贪,明显他两者都不像,他更像个职业杀手,有一种可能就是有其他势力在背后操控。"

"会不会是王爷？"陈聪突然爆出自己的疑虑。

"不像，王爷虽然有钱，但不过是个商人，那种级别的权力他够不着，除非……"

"除非什么？"

"除非王爷背后还有靠山，而且是那种能够直接操控国家权力的靠山。"金婷婷的推理比陈聪更加大胆，更加敏锐。

"这……"陈聪似乎从来都没有想到过这层，或者说，从没敢这么大胆地设想过，可见，长久的实战经验是非常重要的，金婷婷正是在反复不断的实践中，才有了这样的直觉与判断。

金婷婷顿了顿，"我也觉得有点夸张，但能明目张胆地杀人，你觉得我们是在对付普通的犯罪分子吗？"

陈聪无言以对，金婷婷说的话很有道理，毕竟她是情报系统的，眼界开阔，而陈聪只是一个小刑警，哦不，小后勤，不管是刑警还是后勤，都是普通警察，能接触到的层次跟情报警察金婷婷是没法比的。

"现在怎么办？"陈聪问金婷婷。

"你回家问问清楚，我感觉我们现在遇到的事情非常不简单，很有可能背后有一个什么阴谋，我继续追查王爷还跟哪些人有交往，挖挖他背后的那个人。"

"行，你小心。"这正合陈聪的意。

"你也小心。"说完,金婷婷挂断了电话。

陈聪放下电话,脑海里开始梳理思路:白鬼、王爷和藏在背后的人,黑子、父亲和晨星、王正国、曹安佳,这是两个对立面,黑子杀了王爷,白鬼杀了黑子,"王爷案"背后的势力,跟晨星、王正国、曹安佳之间明显有着千丝万缕的关系,但照黑子所说应该是很早以前出现的人了,暂时先排除在外,而王爷背后的人也还没出现,那么现在就剩下白鬼和父亲了,白鬼杀我可能只是泄愤,他杀黑子和我父亲才是目的。

不好,白鬼要杀父亲!

一想到这,陈聪把父亲与对方之间厮杀的缘由已经抛之脑后,也把一个警察应有的正义感忘得一干二净,他现在脑海里想的只有救父亲。管他呢,陈聪想,反正这一切只是黑子单方面的说辞而已。

于是他一脚油门下去,快速驶向家里,想着应该还来得及。

48. 水落终石出

陈聪急忙赶回家,发现家里一片狼藉,满屋子横七竖八的杂物,柜子和箱子都被翻得乱七八糟。陈聪一想,完了,赶在我前面了。于是大喊着爸,四处寻找,他见屋内一个人都没有,一个保姆都不见了,对了,程叔呢,管家程叔哪里去了,他不是最忠诚吗?于是陈聪大喊程叔,心急如焚。

"别喊了,小聪,我在这。"陈聪听到一个不能再熟悉的声音,那是他父亲的声音。只见陈坚两手各拎着一个包,走了过来。

"你这小孩怎么电话老打不通?"父亲大声斥责。

陈聪这才发现他的手机不知在什么时候不见了。

"别解释了,快去后门口跟程叔走。"

"去哪?"陈聪问。

"你先别管,你妈也在车上,快去吧。"

"发生什么事了？"

"叫你别问了，事关紧急，以后再跟你讲！"

"以后？你不一起走？"

"我还有事！"

"什么事？"

"要我说多少遍，你先别管！"

陈坚突然怒不可遏的样子让陈聪意识到，黑子说的极有可能就是事情的真相。话说到这份上，陈聪气上来了，想想家里到底有多少秘密是不能让他知道的，于是把话挑了出来。

"你是不是要去找黑子？"陈聪一脸坚定，似乎变得异常冰冷。

"什么黑子？"父亲佯作不知。

"别隐瞒了，我都知道了。爸，你真名叫吴海峰，前段时间案子里把我同事推下楼的那个黑子，他是你的老朋友吧？"

"你……"父亲大惊，"你还知道什么？"

"爸，黑子死了，白鬼来了，白鬼开车把黑子撞死了，还差点拿刀杀了我！"陈聪的试探被父亲印证后，变得激动了起来，一股脑儿把事情经过全都跟父亲交了底。

陈坚证实黑子遇害后，跌坐在地上，两眼通红，瞬间泪流满面，陈聪也怔在原地。这么多年，从小到大，陈聪从未见过父亲流泪。

陈坚点了一根烟,深吸了一口气,让陈聪做好心理准备,然后开始讲述事情的来龙去脉。陈坚首先承认他原名的确叫吴海峰,那是他的真实身份。他告诉陈聪他以前也是警察,但不同的是他不是公安部的警察,而是国安部的警察,是国安部下面一个侦查队的副队长。

一九八五年,国安部下设一个局的副局长郑愁因为腐败被查,他挣脱抓捕后,带着国家高级机密,叛逃美国,导致潜伏在外的我方人员晨星被捕。为给晨星报仇,惩罚郑愁,国安部派遣"301"侦查队乔装打扮后深入美国,开展追捕工作。

侦查队的队长叫王正国,吴海峰是他的副手,曹安佳是他夫人,当时安佳待产,死活不同意王正国出任务,但是王正国临危受命,毅然前行。在执行任务中,他们根据郑愁交往最密的北京商人王爷提供的线索,前往一个酒店侦查,没想到这是郑愁逃亡路上设下的陷阱。

侦查队一行受到了敌对情报人员的围攻,而王正国早有察觉,故意用一巴掌把吴海峰支走了。最后侦查队五人除吴海峰外,无一幸免,而且死状惨不忍睹,队长王正国被砍了脑袋,作为对我方情报人员的威慑。

这件事情在国际上造成了恶劣影响,外部势力以中国情报人员入侵他国为名不断对中国施压,导致中国在外交上非常被动,国安部随后紧急召回了在危险区域的一些情报人员。

而吴海峰逃离美国后,经古巴等国,几经辗转,终于回到了祖国怀抱。他回国后第一件事情就是回到单位,要求上级加派人手,他想给弟兄们,尤其是队长王正国报仇。

但是,事已至此,国家已无能为力,落后就要挨打,明明有理在先,却被指责成入侵。最后,国安部撤销了"301"部门编制,并把吴海峰安排到了后勤岗位。吴海峰当然不干,于是主动退出国安部,化名现在的陈坚,远走他乡,以商人身份隐居江南,积蓄力量,伺机再动。

49. 迟来的报仇

天色暗了下来,屋外起了凉风,但陈坚坚决不走,他要留下来等白鬼上门,于是陈聪也不走,留下来要问个究竟。

"所以,你们在新城扎根,拥有一定势力后,把王爷引诱到新城,用私人的力量将其杀死,手段也是割下脑袋,以此告慰死去的王队长和你的兄弟们,对吗?黑子一定也是你们'301'的吧?"

"没错,黑子因为外形特征太过明显,不适合这次海外任务,因为这个他还跟王队长吵了一架,最后还是没有办法,留在国内提供信息支撑。"陈坚的眼里又开始噙满泪水。

"后来你们怎么分道扬镳了?"陈聪继续追问。

"黑子信念不够坚定,他认为杀掉王爷就算报仇了,他不知道整条链上还有主使郑愁和刽子手白鬼,国外那次伏击，白鬼就在其中！又或者，黑子他是厌倦了这样的生活了吧！"陈坚突然觉得逝者已矣，多说无益，他也不想黑子走了还要说他的不是。

"所以，他死之前让我转告你放下执念，忘了晨星，忘了王队和王嫂。"

"我知道他回了新城也是因为你那个案子他被抓的事情……"

"所以你通过关系把我调离了刑侦，调到了根本不可能插手案件的后勤部门，这样，我永远也无法继续追查黑子的事了，对吗？后来是你把他保出来的，是这样吗？"

"黑子离开我后，没有收入来源，他变坏了，你也看到了，他组织卖淫，但我坚信这只是他的幌子，他回新城肯定是嗅到了什么。没错，是我保了他，我去看守所看了他，让他出来后滚得越远越好，我自己会完成复仇大业。我帮他摆平了所有对他不利的证据，没想到他一出来还是死在了你手上。"陈坚叹息道，这一切的一切，自以为都掌控在自己手里，谁能想到，事情还是演变到了让陈坚都想象不到的地步。

"爸，你说什么呢？是白鬼杀了他。"陈聪辩解道。

"是你去找他的，对吗？"

"是，但我只想了解一些案情，我并没有想到事情会这样。"陈聪的眼前，又浮现出那一幕鲜血淋漓的场景。

"哼，案情？值得让他丧命吗？他要是没死，你可得叫他一声小伯伯！"父子俩人似仇敌一般，火药味瞬间浓郁起来。

陈聪转念一想，说："是，叫他小伯伯，爸，那你的确应该听小伯伯的，放下执念，为什么还要想着报仇，你不要这个家了吗？我一直被蒙在鼓里，这个我理解；但王爷早死了，你为什么还要执迷不悟？"

"你懂什么，白鬼难道是我招惹来的吗？没错，冤冤相报何时了，是早该放下，可是我放得下吗？就算我放下了，可敌人还没放下！他们还会找上门来，就像现在这样，你懂吗？"陈坚的脸上露出从未有过的狰狞。

"……"陈聪顿时语塞，"爸……如果你把王爷交给国家，或许他能得到审判，这样，他们就不会缠着你了。你动用私刑，那就变成了永无休止的个人恩怨。"

"我能依靠谁？如果能得到审判，为什么没有人去抓他，还需要我们千方百计设局那么久把他骗来？"陈坚也曾那么坚信法律，要不是这个事情的发生，这种坚持也许会贯彻他的一生。

"但是，动用私刑就是不对的，你这是以暴制暴，你是警察，你怎么可以违背入警誓言。"陈聪也声嘶力竭道。

我宣誓：我志愿成为中华人民共和国人民警察，献身于崇高的人民公安事业，坚决做到对党忠诚、服务人民、执法公正、纪律严明、矢志不渝做中国特色社会主义事业的建设者、捍卫者，为维护社会大局稳定、促进社会公平正义、保障人民安居乐业而努力奋斗。

陈坚想起这光荣的誓言，心里一阵愧疚，但他从一开始就知道，这是一条不归路，他是真的放不下那段过去，忘不掉王队牺牲的惨状，忘不掉"301"的同志们。他们的大半生都在为国家为人民奔波，他们不该是这样的下场和结局。不该！

"那你要把我抓起来吗？我的警察儿子……"

"爸……"

"如果我告诉你，你是王正国和曹安佳的儿子，你还会这样想吗？"陈坚坚定的眼神，直直地盯着陈聪，这个他隐藏了这么多年的秘密，终于还是说出了口。

"什么？"

"当年你生父正国牺牲后，生母安佳受了刺激，得了抑郁症，生下你后就离家出走，到现在都还没找到，估计早就……是我和你黑子伯伯把你一起带到了新城，之后黑子离开了，贾珍来了，我便和贾珍把你带大的。"

"不不不……那妈她……贾……"陈聪明明早有预感，可从父亲口中说出自己的身世，还是一千个一万个接受不了。

"她不是你妈，也不是我妻子，她也是原'301'侦查队的,但她在解散后服从了分配,之后代表组织来监视我,以我'妻子'和你'母亲'的身份。"

陈聪两脚一软,瘫坐在地,让他引以为豪的父亲、让他倍感温暖的母亲都是假扮的。而且,他们这戏一演就是二十多年。

说到底,陈聪发现,他现在只是一个孤儿。他的生父生母早已命丧恶人之手。他呆坐良久,把整个人生思考了一遍又一遍,终于慢慢地把一些细碎的事情跟这离奇的身世慢慢对上号来。最后,他缓缓地站了起来,他嗓门喑哑,但眼睛坚定地对眼前这个养父说:"我要报仇!"

"好!郑愁来了,时机到了。"

50. 逃亡者归来

"怎么样啊,今天身体舒服了吧?"

朝阳社区门口,川娣阿婆正坐在门口的椅子上,身旁放着一根被岁月侵蚀已久的拐杖,这个倔强的老人,谁都不听,只听赵子龙的,就因为赵子龙曾帮自己捉了"鬼",还认她作了干娘。

赵子龙笑着将一碗亲自熬好的粥端给川娣阿婆,吹了几下,说道:"干娘,刚煮的,热乎乎的,吃吧!"而老人却眼神迟缓,嘴里含糊不清,拿着粥后就只顾着吃。

这时,一名西装革履、戴着墨镜的中年男子出现在了赵子龙的视野。此人身材高大,走起路来却十分矫健,似流星赶月一般,虽然隔着墨镜,但还是看得出裸露在外面的眼角,深深的一道一道的沟壑似的皱纹,这是时光的磨砺还是生活的摧残,不得而知。踏在新城县的土地上,他的每一步又显得异常坚实,好像能听到每一个脚步落地的声音。

此人来到老人跟前，停留驻足，看着眼前这个无儿无女的老人，斑白的头发，褶皱的皱纹，他的眼眶红了，但由于戴着墨镜，没人能注意到这点。

当他看到赵子龙的时候，一开始以为是社区工作人员，但当他的眼神看到赵子龙的警用制式皮鞋时，眉头一皱，露出满身的杀气，杀气之浓，似乎周围的风都围绕着他打转一般。

赵子龙察觉到了异样，他不确定这名男子是谁，但又能感觉到此人透过墨镜注视着他。于是赵子龙开口问："你找谁？"

男子心想，这么快就有埋伏了？如果我告诉他我是谁，就会马上动手抓我吧？想到这，他环顾四周，但没发现可疑的人员，于是，他径直朝前走，没有理会赵子龙，假装自己只是路过小区门口而已。

赵子龙见状，没发现什么异常，便不再理会。此时，川娣阿婆朝着男子远去的方向开了口，她急忙喊道："阿愁，阿愁啊！"

没错，此人正是郑愁，叛逃美国的前国安某局副局长。川娣是他的母亲，他的亲生母亲，而他这个儿子，自从叛逃后，二十几年来却没有尽过一天做儿子的责任。郑愁听到了母亲的呼唤，顿了一顿，却没有回头，擦了擦眼角，继续向前走着，直到消失在视线中。

赵子龙问川娣："这是你儿子？"

川娣直点头，两眼满是泪水，刚刚呆滞的意识，竟然突然清晰了起来。

赵子龙一想不对，如果是传闻那样，他儿子坐牢了，如果正常出狱的话为什么不敢认自己的母亲？刑警的直觉告诉他，要查一下。于是他立马打电话给金婷婷，请求信息联查。

正当赵子龙起身要走，川娣老人拿起身边的拐杖，就是一记闷棍打在赵子龙的侧面太阳穴处，打得赵子龙眼冒金星。

川娣说道："不许抓我儿子！不许抓我儿子……"

老人不断重复着这句话，眼睛已经红成一片。

赵子龙也红了眼，除了疼痛，更多的是委屈，多年来默默付出，不求回报，只是想让自己良心过得去，也对得起这身警服，却因为老人儿子的出现，被全盘否定，在老人眼里完全变成了一个要抓她儿子的坏人。

赵子龙强忍委屈，哽咽道："干娘，您放心，我只是去帮您，把您儿子找回来……"

听到这，老人才安心下来，破涕为笑，然后摸了摸赵子龙的脑袋，问疼不疼。赵子龙说一点也不疼。

一个多小时后，金婷婷核实了郑愁已落地新城县的信息，她马上将这条信息通过电话直接上报给了局长，本以为局长会很高兴，结果却被局长劈头盖脸骂了一顿。局长批评她毫无保密意识，这种信息怎么可以通过电话讲，有多少敌对势力正想方设法监听我们的电话。批评完之后，局长又命令金婷婷继续追踪，有情况随时上报，但只能用专线。

金婷婷一脸委屈，但也意识到了自己犯了一个十分低级的错误，她本想给局长打完电话马上告诉陈聪，但现在看来，确实不能再使用电话了。于是她立马起身，前往陈聪家，想要当面告之，因为她知道现在事态紧急，她猜得没错的话，郑愁和白鬼都是来找陈聪麻烦的。于公，她是一个情报工作者，陈聪的同事；于私，她是陈聪的女朋友，都该马上通知陈聪。

于是金婷婷开车出了派出所。一路上，她猛按喇叭，生怕被郑愁一伙先赶到那里。没开过几个路口，突然金婷婷的车被一辆商务车横腰撞了正着，金婷婷的车头盖直冒水汽，雨刮器"啪嗒啪嗒"刮个不停，气囊全部弹了出来，把金婷婷弹晕在了车里。

随后，商务车上下来两个人，这两人正是郑愁和白鬼，他俩一把将金婷婷拖上了商务车，换了方向，急速驶离。

其实，陈坚已经知道郑愁来了，所以急着要把家人支走，没想到陈聪全都知道了，而且这个养子脾气那么倔强，简直跟当年的王正国队长一样，现在只能一起面对了。

陈聪问陈坚是怎么知道郑愁回来了，陈坚的脸上露出从未有过的凝重感，说："你以为我们搬新城来是随便选的一个地方吗？新城虽然不是郑愁的故乡，但有他最牵挂的人在这里，他的亲生母亲尚在人世，只要他母亲不死，总有一天，他会回来的。只要监视着他母亲，监视着每一辆到新城县的车，就能知道郑愁是不是回来了。这一点，利用现在的财富，很容易做到。"

另一面，陈坚也了解郑愁的脾气，他最受不了挑衅，容忍不了威胁，一旦发现有人故意挑衅或者对他的某方面产生威胁，他必定会利用一切手段高调摆平，杀一儆百。"301"侦查队就是吃了这个亏才全军覆没的。所以，陈坚故意将生活过得很高调，王爷那事，陈坚也授意黑子故意为之，一是为了故意告诉郑愁，他在新城等他；二是为了以同样的方式为王正国报仇，这是以牙还牙的挑衅。

挑衅和威胁都有了，可郑愁就是不出现，他一改常态，躲在美国做缩头乌龟。这让陈坚气急败坏，品性也变了，做事手段也开始毒辣和专横。在黑子看来，陈坚已经背离了初衷，而且越来越走火入魔，于是选择了离开。当然，这些品性，陈坚从未在陈聪面前展现，他在陈聪面前，除了惭愧和内疚外，更多的是真心把这个孩子当成自己的孩子。虽然一方面是为了复仇；另一方面，王正国的牺牲，让陈坚确实耿耿于怀了这么多年，如果不是王队的那一记巴掌，现在躺在坟墓里的人，其中之一就是他陈坚。

而郑愁方面，一开始在美国受到了极度重视，被捧为高级官员的座上宾，也得到了不少物质奖励，但随着中国的慢慢强大，中美关系慢慢消融，美国官员越来越不敢把他放到公开场合，最后觉得他的影响已经过了，利用价值也早就没了，干脆断绝了与他的往来，同时也断掉了当初保证的高额月供。此时的郑愁才意识到，什么叫兔死狗烹，什么叫资本主义，他在中国过惯了优越的生活，在美国完全是从头开始，举目无亲又没有权力，在花销完可怜的奖金后，就开始找工作。

经过几年时间，换了不少诸如营销员之类的底层工作，备受种族歧视，他再也受不了这样的生活，于是干脆混入了当地的华人黑帮。但黑帮哪有那么好混，你在中国再牛，到了美国也就是一介普通人，于是挨打挨骂是家常便饭，他把这一切的不幸遭遇归结到王正国和陈坚等人头上。如果不是王正国和陈坚查他腐败，他就不会逃往美国；如果不是他们带队追捕到美国，他也不会设下陷阱，就不会发生之后的国际问题，他也不会变成众矢之的，导致美国政府断了他月供；如果不是他们，他完全可以在美国过上富人的生活，或者继续在国内做一条蛀虫。

每每想到这儿,郑愁就气得咬牙切齿,但是他没办法,他不敢回国找陈坚算账,怕一回国还没下飞机就被逮捕了。哪怕是后来得知王爷被杀,也只是心疼失去了一枚棋子,不敢动其他心思。正如陈坚预料的一般,唯一让他放不下心的就是他年迈的老母亲,还独自一人生活在新城县,当初王爷去新城他是不知道的,毕竟在美国,失去了国内的信息渠道,消息也就不灵通了。如果他知道王爷要去新城,他只会让王爷悄悄带走他的老母亲,哪还会被陈坚骗到。

除了王爷外,国内仅剩的棋子就是白鬼了,白鬼当初也是郑愁以"保镖"身份安排在王爷身边的人,当初逃亡的时候,白鬼护送郑愁一起去了美国,后来围杀"301"侦查队的时候,白鬼也参与其中,甚至王正国那么惨烈的死状,就是出自白鬼之手。之后,为了能在国内有个眼线,郑愁安排其更换身份回到了国内。

回到国内后一段时间,白鬼一直帮郑愁做一些监视工作,但后来郑愁失去了经济来源,白鬼自然也失去了经济来源,虽然对郑愁依旧忠诚,但他必须先存活下去,于是干起了职业杀手的活。直到陈聪立功被各大媒体登上头条后,他将这条免费信息寄到了郑愁处。

郑愁看着报纸上陈聪的照片,自言自语道:"真像啊,王正国!"他知道这是王正国的儿子,被陈坚收养了,现在陈坚成了新城县的首富,而陈聪又进入了新城县的刑警队,总有一天,他们将新城县完全纳入他们的口袋中,此时想要动他老母亲,那是轻而易举啊。而且他们日子是过得如此滋润,这让郑愁内心极度不平衡,日思夜想,心里极度扭曲。

"决战的时刻到了,不能再等了!"郑愁对自己说道,然后看了看身上的龙形文身,"真是此一时彼一时啊!"他放着好好的高官不做,到美国处境如此不堪……

可是,哪有回头路。他想:现在,哪怕是死,也要见老母亲最后一面吧!

于是,郑愁用上刚来美国时中情局为他准备的备用身份,踏上了回国的旅程。

第二卷

第二章

1. 河北有亲人

时间追溯到陈聪还在刑警队的时候,还在参与第一次案件追逃的时候。

"河北那边,事情你都安排妥当了吗?"是父亲陈坚的声音。

"轻一点……"贾珍压低了嗓音,接下去就什么都听不到了。隔着厚厚的一堵墙,陈聪隐约听到父亲陈坚的这句话,可能在过去的二十几年里,他们也经常说过相关的事情的,只是陈聪从未怀疑过自己的身世,直到看见了父亲书房里的那封匿名信,那封写着一九八五年,写着国安部,写着有关自己身世的匿名信。

河北。

借由第一次追逃嫌犯出差的名义,陈聪踏上了北去的道路，虽然兴奋劲儿还在，但在人来人往的高铁站，第一次觉得自己像极了浪人，甚至连浪人都不是，看似过着外人觉得光鲜的生活，实质上是那样深刻清晰地感受着苦痛。

"小伙子，您坐错位子了吧？"

"小伙子？！"

陈聪狐疑地循着清脆的嗓音，一抬头，便迎上了一双灵动的眼睛，长长的睫毛，扑簌扑簌的，眼神坚毅而笃定，

"就是您，坐错位子了！"女孩扬了扬手中的车票，盯着眼前这个看似年轻却透着不合群的孤独的男生。

"哦，我看看。"掏出车票，果然，自己是2C，却坐在了2D的位置上，心想着怎么回事，明明一起出差的一行人，干吗要安排开位子，一面起身道，"不好意思，不好意思。"陈聪这时才正视眼前这个娇小可爱，却称呼自己小伙子的女孩。

女孩笑道："没事，没事。"取下双肩包，准备放在行李架上，因为个头不高，够了两次还没够到行李架。

陈聪忙起身说："我帮你吧。"

起身才发现，陈聪比女孩高了整整一个头，女孩正好到陈聪的脖颈处。列车启动了，一个趔趄，女孩正好倒在陈聪的怀里。慌乱里，女孩用手撑住了陈聪的胸膛，随即，红了脸，全没了刚刚意气风发的样子。

车站，是一个有故事的地方。

"我到河北，你呢？"

陆子心拿着画板，小心翼翼地搁到脚边，"我也是，河北藏着十二种绝美的民间画。"

陈聪饶有兴趣地开始认真端详起女孩来，女孩并不算漂亮，但是身上有种特别的气息，这种气息似乎是艺术熏染所致，好似拒人千里之外的漠然，又夹杂着想要融入人群的向往。

"你是画家？"

子心莞尔一笑，"是，就是个画画的。"

陈聪想起自己的大学，极爱素描，简单的勾勒，去传递画者的心情，读得懂的人可谓是难得的知己。

"河北画作里，最有特色的肯定属民间艺人们把对乡村生活的体味和憧憬，通过简单的线条，来表现当地浓厚的乡土气息和地域风情，比如说白洋淀芦苇画！"

"你怎么知道！"子心几乎跳跃起来，"我也最爱白洋淀芦苇画，那是历史最悠久的汉族工艺美术品了，艺人们太有智慧了，取材于天然芦苇，裁茎做骨，剪叶成羽，远远望去就像是一幅水彩画，但一靠近才发现，那些都是秸秆。太神奇啦！"

陈聪的嘴角，扬起从未有过的好看的弧度，嘴角牵扯着笑，眉眼间满是温柔，

"所以，你真的是画家。"

女孩明显觉得自己刚刚不可抑制的喜悦，有些失礼，重新正襟危坐，收敛起笑容，

"我说了，只是个画画的。"

陈聪没有想过会以这样一种方式认识陆子心，一个孤独而热闹、平和却激进的灵魂，一个跟其他同龄的女孩子完全不一样的灵魂。

她不同于朱悠悠，那样张扬，却分明有拒人于千里之外的气质；她也不像金婷婷，对自己百依百顺，却也分明温和，如潺潺流水，叮叮咚咚；也如璀璨星星，耀眼夺目。

有时候你会发现，遇到的时间很重要，相处的机会也很重要，陈聪知道，自己的心里对眼前这个女孩子是莫名其妙的喜欢。

有些喜欢，在初见的那一眼里，就倾泻了所有的温柔，即便知道，你们是没有在一起的可能，还是想留住每一个温柔的瞬间。

我们都曾在岁月的长河里，那么倾尽全力地去喜欢过一个人。

2. 人口贩卖案

　　一方面，陈聪一行人已经踏上去河北的路。另一方面，明湖派出所也在有条不紊地开展着日常的工作。

　　郭敬赶到现场的时候，发现瑟缩在厨房角落里，正在发抖的小女孩，孩子看上去十来岁，跟姜队的女儿晶晶差不多高的样子。孩子惊恐地看着这帮陌生的叔叔，将自己的爸爸，硬生生按在地上，并反手铐上了手铐。

　　农村的房子，已经难得见到这样主屋连着偏屋的结构，主屋有二层，每一层有三个房间，墙壁是简单的白色，房顶的瓦片是纯正的黑色，在长年累月的日晒雨淋下，已经呈现出略微的灰白。窗户是铝合金镶嵌在户框里，就像是七巧板，每一块都设定好，有自己独一无二的位置。即便是再精准的计算，还是会有大小不一，尺寸偏差的时候。你看淘宝店里的衣服，都会打上这么一句：有1到2厘米的测量误差。但这个窗户就是安装在这个框里，这才成了一种匹配和定格。

偏屋是低矮的，昏暗的，很多人家都会做成厨房，在六月晚的夏季，多半能看到散学归来的村小的孩子们，搬出一张老式的竹椅和小板凳，趴在那里写作业。村里的人家，有的背靠农田，有的面朝小河，若再幸运些，能四面绕田的话，偶尔就会听到青蛙"呱呱呱呱"的叫声。夜色还未笼下，老奶奶们便会张罗起晚饭，菜色通常都是自家采摘的，有番茄炒鸡蛋，有丝瓜汤，甚至还有刚从河里捞起来的小虾和小鱼，那味道，鲜得不得了！

而眼前这个孩子，瑟缩的眼神深深刺痛了郭敬的心，这个刚毅的男子汉，轻轻蹲下身去，"孩子，别怕，别怕，爸爸他有点事情，叔叔要找他去帮忙，你以后在家要跟着爷爷奶奶，好好读书，要听话！"

孩子的恐惧并没有因为这句话而有任何消减，反倒颤抖得更厉害了。

"郭敬！该走了！"同事开始催促郭敬，他们实在是没有太多的时间来顾虑每个犯罪嫌疑人家属的心情，哪怕是一个孩子。

郭敬叹了口气，轻拍了孩子瘦弱的肩膀，在转身的时候，听到了孩子轻声的一句："我没有爷爷奶奶了……"

每一个身着警服的人，都有着异常强大的意志力和决心，但就在听到这句话的时候，郭敬发现自己的鼻子是酸的，眼眶是湿润的。

因为有了陆子心，陈聪的一路，颠颠簸簸，却精气神十足，从聊天中得知，子心是新城县的一位小学美术老师，毕业于中央美术学院，最擅长素描，因为喜欢画画，所以选择回到家乡教孩子们画画。

"听了这么多我的故事，说说你的吧？"子心转眼看着陈聪，她总觉得这个男生身上有许多不为人知的秘密，这些秘密组成了他眉眼之间的凝重。子心突然有一种隐隐而动的心疼，这种心疼也许是对陌生人的情感关照，也可能是她敏锐的洞察力和感受力，这用言语没法言说，但她感受得那么真切。

陈聪打开一瓶水，倒一口进了嘴里，六月的暑气还未在整座城市蔓延开，但已经有了蓄势待发的感觉，

"我啊，是一名警察，我这次出来是……寻找身世的。"陈聪实际上想说，这次出来是办案的，但他忽然觉得自己一个小菜鸟，吹嘘这些有的没的干吗。

子心愣住了，他是还没睡醒说胡话呢？还是小说看多了？什么叫寻找身世？他以为他是杨过吗？

陈聪的心里确实藏着那份匿名信的秘密，他这次来河北也确实是执行任务，我们有时候会在陌生人面前倾吐自己的心事却也绝不愿跟身边熟稔的人多说。

3. 偶遇陆子心

"所以,你真的不是你爸妈亲生的?真的?"子心闪动着莹亮的眼睛,扑簌的睫毛,密密的,长长的,还沉浸在陈聪的故事里,"你一定很想知道自己的亲人在哪儿吧?"

陈聪笑笑,饶有意味地转身看了看子心惊异而柔和的眼神,就像那芦苇的羽毛,随着风的节奏,一起一伏的。这肯定是一个很容易被骗的傻姑娘,只不过他的故事确实是真的,而这个故事,就连同行的那些明湖派出所的同事们都是不太清楚的,大家只知道陈聪是陈坚唯一的儿子,是新城县出了名的"公子哥",但实际上,很少人真正认识陈聪。此刻,陈聪自己也不知道为什么,要把这么个惊天大秘密暴露在一个陌生人面前,"还好吧,反正从小就没见过。"

子心也没有想到,自己的手不自觉地覆上这个陌生男子的手背,"没事的,我相信你一定能找到答案的。"

明湖派出所里,刚被带回的男人,满脸的胡茬,脚上原本白色的人字拖,一只已经不见了,另一只也已经被泥垢侵蚀得面目全非。郭敬拿起一杯水递给男人,"喏!喝点水。"男人战战兢兢地慢慢抬起头,伸出来的手略微颤动,暗黄的指甲,青筋暴凸,接过杯子后,略一迟疑,便"咕咚咕咚"地一下子灌进了肚子,这才呼出一口气,这口气是那样的绵长和深重,就像那深山古寺的钟声,意味着结束,还是承载着开始,都让人不得而知。

"说说吧,为什么要贩卖小孩……"郭敬想起那个孩子,那个孩子瑟缩的眼神,她不知道她的父亲,竟然被因为贩卖了十几个孩子而被抓。

男人在沉重的叹息声中,低下了头,依旧沉默不语。

"你看,我说我儿子有东西落下的吧,大家都不信我……"川娣阿婆颤抖的手打开一块蓝印花布,一层裹着一层,如抽丝剥茧般,竟然露出了一本黑色封面的小册子,说小册子还是抬举它了,那分明就是一张张小卡片被集合起来,装订在一起的东西。

赵子龙接到干娘的电话,办案途中硬是从河北赶回到新城,只是为了见一面这个没有血缘关系的干娘。不知道从什么时候开始,赵子龙发现自己对眼前这个老人的感情,已经超越了血缘关系。

赵子龙接过黑色的小册子,里面的内容赫然映入眼帘,那是一段尘封的往事,也是一段揭开当年国安情报机构站的重要秘密。而那醒目的日期,正是陈聪心心念念在查的"一九八五年",这些事情之间,有关联吗?

当年轰动一时的郑愁叛逃案件,即将在世人面前掀开神秘的面纱。这本小册子,很有可能就是郑愁贪污受贿的证据,赵子龙紧紧地攥着手里的小册子,心里涌起莫名的激动。这么多年来,新城县的警察从"王爷案"开始,一直在明里暗里的追查,夜以继日地加班加点,就是为了找出事情的真相,但屡屡受限,被迫叫停。如果说这中间真有强大的黑幕,和牵涉的权力官员,那么,这次,哪怕丢了这条老命,丢了这个警察的身份,赵子龙也要把事情查个水落石出。

这是一块无比沉重的石头,在新城的刑警们身上压了许多年。

"没事,都习惯了,这么多年,反正都没见过。"天知道,其实他又多渴望见到自己的亲人,自从在父亲的书房里看见了那封匿名信,自从在陈坚的口中亲口证实了自己并非他们亲生的事实,陈聪忽然觉得自己这么多年不知道是为了什么而活,为了谁而活,这样的孤立无援,又无可奈何,这是他从未遇到过的。他再也不能安心、尽心地工作和生活,他开始起了一种沉重的念头,这个念头,甚至会颠覆他的下半生,这些,当然,他都清楚。

而眼前这个女孩,却让他在这种沉重的间隙,看到了想喘口气的希望。

4. 陌生人爷爷

　　河北，地处中原地区，因在黄河以北而得名，可谓文化博大精深，自古有"燕赵多有慷慨悲歌之士"之称，是英雄辈出的地方。身居江南已久，陈聪从未想过自己的一生到后来会与这样一个地方关联。

　　白洋淀，河北省最大的湖泊，是由海而湖、由湖而陆反复演变而成的，而芦苇就是这里的一大特产，品种多达十余种。陈聪想起陆子心明亮的眼眸和脸上的那两片红晕，一下子心里暖暖的，那个小学美术老师，那个说要来看看白洋淀芦苇画的女孩子，在陈聪的心里荡起了层层涟漪。

　　而说起白洋淀，不得不提的是"嘎子"，这位抗战小英雄的事迹，似乎在冥冥之中向陈聪透露着什么讯息，父亲的死跟那个一九八五年的秋天发生的大事，到底有何关联？自己是谁？这些问题几乎都让陈聪抓狂。

　　"孩子，你再往前走，可就没路了哦。"陈聪的思绪被洪亮的一句话，硬生生拉了回来，抬眼竟看到了一位约莫古稀之年的老者，老人虽然年事已高，但眉目间分明透着一股威严，老人笑笑，摇了摇手里的芦苇秆子，"还要往前吗？"

陈聪看着前面一望无际的湖泊，竟走神走得马上走到湖里去了也没发觉，不好意思地摸摸后脑勺，"老人家，让您见笑了。哦，我是想问问这边有没有当过兵的人家呀？"

老人哈哈一笑，依旧洪亮爽朗："这倒是新鲜事了，你是外地来的吧，孩子？"

陈聪瞅着眼前的老人，总觉得有几分似曾相识的味道，"是的呢，爷爷。"

"爷爷……"老人喃喃自语道，"也确实是做爷爷的辈分了……"

"您还没回答我呢？"陈聪有些着急了，想来自己这么马不停蹄地直奔而来，一路上疲惫先不说，担着这么多的心事，吃不好睡不稳的，短短几天时间，就明显清瘦了下来。

"这里啊，多是当兵的人，所以你这一问，倒是把爷爷我……难住了呢！"老人说罢，便背着身子，看着满目的湖水，思绪飞得似乎很远。

这是个奇怪的老爷爷！陈聪心里盘算着，该如何查起呢。

"说起来，我孙子要在，也是你这般年纪了啊。"老人忽而转过身，眼睛是雪亮亮的，"孩子，你从何处来啊？"

陈聪倒也心直口快："新城，江南的一个小县城。"

"江南……"

江南确实是个好地方啊，先不说乾隆皇帝下江南的风流韵事，单是鱼米之乡的富饶，江南女子的婉约，留下了多少的诗词歌赋，唱断了多少离愁心事，老人想起自己的儿子，不觉悲从中来。

明湖派出所里，那个贩卖了无数孩子的男人，一一交代了自己作案的过程。对于年纪较小的孩子，人贩子一般首先会关注孩子是否健康，其次是否漂亮，继而用糖果、零食或者其他手段骗走，也有的甚至直接被掠走。

被拐走的孩子有的会被卖到偏远的山区，而绝大部分都会被贩卖给犯罪集团，这种犯罪集团一般分为两种：一种是乞讨集团，也就是将孩子扭断腿脚或者截去上肢，有的甚至会被毁容，而为了防止孩子开口说话求救，索性就用药把孩子变成哑巴。每天毒打孩子，孩子被迫上街乞讨；另一种则为器官买卖，很多孩子在得重病，需要器官移植，而等不到正规程序的器官匹配时，就会走地下器官交易渠道。

更让人痛心的是,有的人贩子因为孩子不听话,会直接把孩子杀掉。在多年的办案经验下,陆所还是怒拍了桌子:"你也是有孩子的人,怎么能走上这么一条没有人性的路!"

男人低着头,不再说话。

人性,有时候会茫然到自己都不认识自己的境地。

5. 雁翎的出处

"小聪,你出差什么时候回来啊?"电话一头的贾珍,催着儿子回家,"爸爸妈妈想跟你好好谈一谈。"贾珍实际上已经着手安排好陈聪在河北的一切,她绝对不能让陈聪找到有关自己身世的任何线索,但人算不如天算。

爸爸和妈妈,这是陈聪叫了将近三十年的称呼,如果说没有感情,那是不可能的,只是好像突然没有了血脉相连的关系,陈聪觉得自己已经不敢再喊这两个名词。有时候,不知道真相,倒是幸福的。每个人都有小小的幸福,不去打扰,或许也是另一种修养。

七月的望月岛,四面环湖,湖水清澈透明,可谓是"与世隔绝,世外桃源"。满淀的荷花绽放,粉白相间,美不胜收。这让陈聪有刹那的错觉,好似身处新城。新城,是江南的一个小县城,隶属杭嘉湖地区,山是不常见的,水倒是一汪汪的。明湖,便是各种水道中最璀璨的一颗明珠。

每到这个时节,晚风拂面,喷泉飞散,湖水像跳动的舞女,一步一步踏出曼妙的舞步。

"噢,估计后天吧!"自从陈坚证实了自己的身世,陈聪突然觉得自己离那个金碧辉煌的家,离那一对人人羡慕的父母又远了许多,不知道自己是谁,自己的亲生父母是谁,自己的人生轨迹为什么走到今天这样的地步,这一切,都让这个"九〇后"男生感到莫名的无助,内心空荡荡的,原本填满的计划和信仰,一下子被掏空,只剩下一具躯壳。

他甚至开始怀疑自己的人生,自己今天在河北,是为了追捕嫌疑犯还是为了寻找身世,一切都是未知的谜团,困扰着他。

这种空荡,就像是高考考完了,成绩还没出来,书包却已经扔了的状态。我们爱学习,我们努力学习,但我们在长期的题海作战中,也感受到真真切切的疲惫,什么都清除出心,心就空了。这种空,有的是释怀,有的却是更重的负担。

但陈聪现在的空荡,比这样的境况更空荡。鲁迅说,窗外有两棵树,一棵是枣树,另一棵还是枣树。陈聪的心就像那两棵枣树,一边是空荡,另一边仍是空荡。

"我是谁?我从哪里来?"陈聪喃喃自语道,那一株株荷花正绽着笑脸,看着这个迷茫的孩子。

"那么，孩子，你来白洋淀是旅游，还是探亲？"老爷子不知怎么的，总觉得与这个孩子一见就很亲近。也许是因为安佳吧，那个江南小城里的安佳。

陈聪突然很想念陆子心。

"是的，爷爷。我来旅游的。"陈聪本来是想说自己来寻亲的，但突然觉得不是所有的故事都是能说给别人听的，祥林嫂说了一遍又一遍，分明很好的故事，说到后来就乏味了，甚至让人厌烦了，陈聪不愿说那样的故事，但他对陆子心还是说了的，这让他自己都感到吃惊。

"噢，那望月岛你是一定要走一走的，对于久居闹市的人来说，实在是一个放松身心的好地方呀！"老爷子点了支烟，吧嗒吧嗒地抽了起来，"荷花池是最美的，尤其是现在这个季节，娃娃啊，你是来对时间了，满池子的花儿，那叫一个漂亮！"

陈聪点点头，静静坐在大石墩上，听老爷子娓娓道来："对！王家寨你也要去一去，抗日战争期间啊，白洋淀成立了著名的水上游击队，叫'雁翎队'，利用河湖港汊开展游击战争，和敌人斗智斗勇，在芦苇迷宫和荷花荡中，与鬼子捉迷藏，把鬼子打得焦头烂额呀！"

"哈哈哈！"老爷子爽朗地大笑，陈聪想起在新城，政府机关的干部也每周要培训学习，竟有那样巧的事情，那个培训学习的课堂名字就叫"雁翎学堂"！

"那么,芦苇荡呢?"那个如诗如画的风景地,在陆子心的画笔下,不知道又将美成怎样的仙境。

陈聪这才发现,思念这东西,要么没有,要么铺天盖地。因为,你根本控制不住对一个人的喜欢。即便你克制了行为,你还是克制不住思念。

思念,像野草一样,在心里,疯长。

6. 灵魂在路上

　　一双素色的小白鞋，一条干净的牛仔裤，一件修身的白衬衫，微长的棕色头发盖住了清秀的眉，陆子心抚了抚额前的碎发，细小的汗珠在额头，在鼻尖，在脸颊，慢慢地渗出，好似蒸笼里的发糕，一点一点被蒸出味道。

　　"老爷爷，这附近有卖颜料的吗？"对于子心来说，似乎所有的精神都在路上。出生在传统的书香之家，父母都是新城县的美术教师，父亲更是在卢浮宫开过个人画展，这是莫大的成就。

　　作为世界四大博物馆之首的卢浮宫，原是法国的王宫，居住过近五十位法国国王和王后，是法国文艺复兴时期最为珍贵的建筑之一。而让全世界艺术家为之赞叹的是，卢浮宫藏有被誉为世界三宝的断臂维纳斯雕像、《蒙娜丽莎》油画和胜利女神石雕。子心还记得父亲第一次带自己去卢浮宫时的情景。就算是根本不懂艺术的人，只要一走进去，就会被这里的艺术气息感染。里面的艺术瑰宝数不胜数，子心在那时才想着：如果我也能画几幅画，是不是就能留住每一个美好的瞬间了。

老爷子想着，刚走了一个翩翩少年，又来了个秀气姑娘，"孩子，颜料要到前面镇上去买，望月岛都是一些农家乐，估计你是买不到的。"

子心的眼睛闪过一丝遗憾，老爷子顿了顿："不然……我帮你问问人家，家里兴许有，也说不准。"

"谢谢爷爷！"子心欢欣得好似刚从笼子里飞出来的金丝雀，蹦跶蹦跶的，很是可爱。

"你们年轻人啊，真是……刚刚一个小伙子也是一定要寻个芦苇荡，也说要看看那美景，执拗得很啊。"老爷爷转身看看子心，"你不会也是从江南来的吧？"

一定是他！

在离家近半个月的时间里，陈聪走遍了河北保县的大街小巷，与其说这是一段追捕，倒不如说是在散心。一路上，景是看了，美食吃了，形形色色的人也遇到了，还有那个只有一面之缘，却时时刻刻出现在自己脑海里的女孩子。

"是的呢，爷爷，你遇到的那个男孩子是不是瘦瘦的，高高的？"子心一把拉住了老爷子的衣袖。

老爷子讳莫如深地笑笑："是，是是是。你俩认识？"

原本拉紧衣袖的手，慢慢放开，"没，也算，也不算认识吧……"子心回忆起那宽厚的胸膛,掌心的温度,竟然有不知名的小鹿在心里乱撞。

老人想起自己英年早逝的儿子,当时也是这样的年纪,带着女朋友回到河北,踏进低矮的门槛,"伯父!"老人看到了女孩脸上明亮的笑容,老人乐呵呵地请两个孩子进门,当时儿子在江苏当兵,而女孩也是武警,虽然部队三令五申地不许谈恋爱,两个人还是在三年的时间里,结下了深厚的革命情谊。

女孩叫曹安佳,而老人的儿子叫王正国。部队里的战友们总是戏谑地说二人是天定的因缘,"先振国,再安家"。安佳是典型的江南女孩,乌黑的长发一直垂到腰际,笑起来有深深的梨涡,眼眸似乎会说话,看到你心静如水,携带着满满的希望。就是这样一个明媚的女孩,从出生就似乎是孤独的,出生的那天,爷爷奶奶因为嫌弃是女孩,不肯多看一眼,而父亲也嗜赌成性,输光了家里所有的钱财,就去变卖母亲的嫁妆,变卖完母亲的嫁妆就去借钱,到后来就索性去小偷小摸,终于在一次偷摸进邻居家拿了一万多现金的时候,被警察逮了个正着。且不说安佳家里被败落得很是不堪,自此之后,父亲也早已不知去向,留下母亲独自守着一亩三分地。

安佳收到入伍通知的那天,哭得像泪人。她既舍不得留下憔悴沧桑的母亲,也不想放弃自己人生的梦想。

现实,有时候冰冷得让人窒息。

7. 匿名的短信

"我在北京，如果你想知道真相，就来国宾13号楼找我。"赫然入目的短信，让身处河北的陈聪，一下子警醒了起来，什么真相，是自己的身世？国安的当年？自己在明，对方在暗，看现状，自己就像是赤裸裸地站在别人面前，而对面的人，却蒙着无法撕开的黑纱。

"爷爷，您怎么了？"子心一把握住老人枯槁的手，凸起的青筋，褶皱的皮肤，干涩的质地，似乎抓不出一点点湿润的希望。子心没有爷爷很久了，突然觉得一股暖流涌遍全身，那是小时候爷爷的手。

老人抹抹早已红了的眼眶，深深浅浅的抬头纹像一道道沟壑，诉说着离别的凄苦，他，还在等正国回来，还在等安佳回来。

安佳没有想过自己会遇到王正国，一米八的个子，洁白的牙齿，笑起来既羞涩又可爱，这个比自己足足小了三岁的男孩子，安佳从没想过，自己的一生会跟他联系在一起。当"国家某政法机关"来学校招聘的时候，王正国毫不犹豫地去应聘，原因很简单，待遇很好。王正国是想给安佳一个温暖的家。可是，他不知道，自己进的竟然是"国安部"，这个传说中极为神秘的部门，担负的是整个国家的安全。天随人愿，王正国以过硬的技能，超群的能力，在各方考核之后，顺利进入了国安。

安佳怀孕的时候，王正国被派遣到美国执行秘密任务。"安佳，咱们先领证吧。"王正国看着眼前瘦弱的女孩，跟着自己远离家乡，风餐露宿，是有一千个一万个不想离开中国的理由，因为他清楚地知道，自己这次要去美国，面临的将是怎样的困难。安佳抚摸着微微隆起的肚子，"等你回来吧，等你回来，咱们就结婚。"安佳如果知道，今天的一别，将是两个人最后的一面，她是死也不会让王正国走的。

老人叹了口气，泪眼婆娑地说："我儿子走了将近三十年了啊，他这一走啊，我老伴就一病不起了。剩下我这一把老骨头啊，还守在这里，你看，老屋都被拆了改建，一年年的，老百姓的日子是越过越好了，可是我的心啊，也越来越空了。"子心这才注意到，修缮一新的一排房屋边上，有一块被木桩钉牢的牌子，上面写着"正国，老家已经搬走了，你回来要打我电话"这一行歪歪扭扭的字，和一串断断续续的数字，像一张张笑脸，盼着远方归来的游子。

　　子心后来听说，老人时不时地就来这里转一圈，一圈又一圈，看看木桩是不是牢固，会不会被风刮走，字体颜色会不会变淡，房屋的新主人一开始是不同意老人在家边上插上这么一块木牌的，可拗不过老人三年的软磨硬泡，还是同意了。子心拿出画板，细细描摹着这样一个场景：一位老人和一块木牌。

　　老人抚着木牌上的黑字，脸上露出欣慰的笑容，"这样，正国他们回来就能找到家了。"

　　王正国带着对老父亲老母亲的愧疚，带着对安佳的歉意，带着副队长吴海峰和"301"侦查队的几位同事，踏上了这条执行任务的不归路。

8. 因为是警察

安佳跟正国要来河北的时候,母亲挥了挥手,笑着说:"去吧,去吧,你的生活过得要比妈好,那就好了。"

清苦了一辈子的母亲,是多希望当兵回来的女儿陪着自己啊,是多希望从此有个依靠啊。可是,她太清楚,自己家的状况,总不能让王正国留在新城吧,而如果放弃当时部队安排的工作,两个人还要重新为生计奔波,而自己根本帮不到女儿和女婿。这个勤恳的农村妇女,在心里盘算了一遍又一遍,一遍又一遍。

"到了那边,自己照顾好自己,要顺着公婆,不要倔,妈妈不在身边,你要懂事点,勤快点,正国对你好,我看得出来,在外,毕竟不是家里。你听懂了没有?"

反复的叮咛,喃喃在昏暗的灯光下,母亲两鬓的白发似乎更白了,凹陷的眼窝似乎更凹了,说话的声音似乎更沙哑了,伴着灶头里噼里啪啦的柴火声,安佳突然握住母亲的手,泣不成声:"妈,妈,我不走了,不走了,我留下来陪着你。"

"傻闺女啊,妈妈就希望你过得比我们好,就知足了。"母亲反手轻拍安佳的手,"面朝黄土背朝天的日子,过了大半辈子了,你不知道你小时候有多调皮,有一次啊,我在田头插秧,你跟你表哥,你表姐,三个人一起来送粥,好好的一锅粥啊,他俩端得很稳,你倒好,要帮忙,被你给捣鼓到了田埂上,我都还没骂你,你就哭得跟个泪人一样了。哦哟,那小样子,可是叫人又好气又好笑的。"

母亲转过身,看看安佳,"你这小丫头啊,最调皮了,家里虽然穷,却是妈妈的心肝啊。"

安佳搂着母亲哭,原来,安佳是还有两个哥哥的,大哥因为小时候发烧,没钱治病,最后还是去了;而二哥,在父亲走之后,也是迫于生计,母亲将他送了别人家养了。原本好好的一个家庭,就这样,只剩下了安佳和老母亲。艳红的柴火,映照得整个屋子敞亮敞亮的,母女俩就这样,你挨着我,我靠着你,在灶头边挨过了一宿。醒来的时候,天已经大亮,公鸡在喔喔喔地啼叫,精神抖擞,勤劳的村民们已经开始了一天的劳作。

"哦哟,这个小伙子也真是的,干吗去救她呀?"

"反正已经不是第一次了,我看啊,她就是作死,怎么会真的去死呢？"

望月岛上，人群正围观着在湖里扑腾的影子，只见一个女人披头散发，眼睛时而睁开，时而紧闭，时而伸出手呼喊着救命，时而呛着一口水往下沉；而正奋力游向女人的，不是别人，正是陈聪。当女人被陈聪拖到岸上的时候，人群中叽叽喳喳的声音更响了，有女人们鄙夷嘟囔的声音，有男人们心照不宣的喘气声音，也有老人们唉声叹气的声音，更有孩子们你追我赶的嬉闹声。

女人慢慢地张开眼，眼角的细纹，在水浸没后，伴随着开合的眼皮，一抖一抖的，岁月的痕迹，还是挡不住风情万种的眼眸，这样一个女人，年轻的时候，该是多么风华绝代，陈聪想着，轻轻扶起女人，"阿姨，什么事这么想不开，非要跳河啊？"

女人这才端详起眼前的这个男孩，瘦削的身骨，挺拔的姿态，眼神里满满的刚毅，这样的眼神，似乎哪里见过……

"小伙子，你啊，真是乱搅和，你是谁啊？肯定不是我们这里的人吧。"陈聪这才想起，自己还身处河北，在跳入河水，折腾了这么久后，体力和精力竟然有让他时空交合的错觉，"我……我是警察。"

大家都喊她"疯女人，疯女人"，实际上，没有人知道，原来她的名字，叫"曹安佳"。

9. 振国后安家

女人看着陈聪,就开始笑,笑得前俯后仰,停不下来。

"哎呀,哎呀,又犯病了吧。"围观的人们摇摇头,纷纷散去,就像刚吃完一顿免费的大餐后,知足地打着饱嗝,还评头论足一番。陈聪顺势拉住了一位大妈,"大妈,什么情况啊?"女人还在看着陈聪笑。

大妈神秘兮兮地凑近陈聪,"你不知道啊,小伙子,这是我们村的一个疯女人,三天两头就要跳河。她啊,年轻的时候死了丈夫,后来孩子也没有保住。后来就哭啊笑啊的,疯了!"

"那她没有家人吗?"陈聪看着那张对着自己疯笑的脸,突然想哭。

"哪里来的家人啊,她是外乡人,年轻时候就跟着丈夫嫁到了这里,后来丈夫死了,孩子没了,自己也疯了,唉……"大妈沉沉地叹了口气,"说来也是可怜的。"

安佳还是离开了新城，离开了农村那个低矮的房屋，那抹暗黄的灯光和母亲依依不舍却满怀祝福的眼神，这个眼神是安佳母亲的，也是全天下母亲的。安佳拎着行李，扶着王正国的手，怀里还揣着母亲前天晚上烤的红薯。一个女人，要放弃多少，才能跟一个男人浪迹天涯，安佳没有想过，但她最终还是选择了王正国。

在王正国出差美国的第三个月，安佳等来了一生最悲痛的时刻，那是一顶帽子，闪耀着中华人民共和国的国徽，就像王正国的眼睛，明亮、温柔。安佳接过帽子，没有哭，脸上是从未有过的平静，就像看着睡着了的爱人一样的平静。王正国的父亲却早已抽泣了起来，这个刚强的汉子，没被大半辈子的苦难压垮，却在面对白发人送黑发人的苦痛中，像一个犯了错的小孩。

安佳的肚子已经圆润，看着捧着丈夫帽子的战友们，不，虽然实际上还不是丈夫。始终面露着微笑，拿出干净的杯子，优雅地捏起几片茶叶，冲上滚烫的热水，那茶叶像顽皮的孩子，在杯子里，在开水里，打滚，翻转。而茶叶的清香，像爱人的手，抚摸着每个人的神经。老人的抽泣已经止住，取而代之的是发呆的眼神和深深的沉默。安佳的脸上，依旧看不出是悲伤还是快乐，这张年轻美丽的脸庞上，正因为看不出悲喜，在座的人都战战兢兢在原地。

吴海峰忍不住了，看看战友们，再看看眼前的安佳，

"嫂子,如果你想哭,就哭出来吧,你这样,我们都难受。而且……这件事……都是我的错啊……"

吴海峰是跟王正国同一年入伍的,虽然一个是警卫兵,一个是侦察兵,两个人却同时被选入了国安,只因为王正国比吴海峰年长了两岁,吴海峰总是亲切地称王正国为老大,而命运的安排更是那么奇妙,吴海峰加入国安后,真的成了王正国的部下。

安佳这才端详起这张年轻的脸庞,他有着坚毅的眼神,但不同于王正国的锐利,夹杂着一些温柔,"你说什么,为什么是你的错,正国是怎么死的?"

在场的人都开始静默。

10. 隐藏的名单

美国，某郊区别墅。

一个白人男子正怒目圆睁着对一个中国男人说："如果再拿不回那份名单，你跟我，都得完蛋！"

中国男人的脸上露出凝重的表情，虽五十开外的年纪，却早已白发苍苍，深深浅浅的纹路在脸上起起伏伏的，"约翰先生，请您再给我点时间。"

"时间？怎么给？"这位叫作约翰的白人男子"啪"的一声拍在面前的桌子上，桌子发出咚咚咚的余振，"这些年，都是我们在保护你，你呢？这点小事都办不到，实在不行，我们就要动手了。"

"不！"这位中国男子紧张地握住约翰的手，"请您务必再给我一点时间，我一定拿回名单。"

陈聪看着疯笑的女人，围观的人们早已散去，只剩下暖暖的阳光洒在身上，还有望月岛如画的景色。看看人生地不熟的望月岛，陈聪一时间不知所措，只好先将她送到当地派出所。踏进镇上的派出所，陈聪才觉得新城是天堂。这里的派出所设施简陋，低矮的几间小平房，勉强刷上了白色和蓝色，写着"公安"两字。

"哎哎哎，干吗的，干吗的？"陈聪扶着女人，被一个身高大约只有一米六的瘦削男子拦住了去路，"你小子干吗的？"

陈聪看看眼前这个个头只到自己胸口的男人，细浅的眉毛，单眼皮，小眼睛，笑起来眼睛几乎找不到，心想：说谁小子呢！但脸上还是赔着笑，

"这样的，警官，我是来报案的，今天这个女人跳河，是我救起来的，但她好像精神有点不好，不知道自己是谁，住在哪里，只好麻烦你们了。"

小个子警察看了看还在疯笑的女人，"哦，她呀，认识，认识，熟客了。这样，地址我给你，你把她送回家就好了。"

陈聪顿了顿，说："不是你们派出所送？"

"说什么呢，没看见我们正忙着？"小个子男人突然怒目圆睁起来，像一头发狂的小狮子。

陈聪四下打量了下，只见偌大的办公室里，每个办公桌上都凌乱地堆砌着一些报纸、杂志和一些陈旧的文件

夹，散乱的资料，东一份西一份。有的正双脚架在椅子上嗑着瓜子；有的面带笑容正捧着一本小书，翻来覆去地看；更有的索性盖了件大衣在脸上，却时不时发出让人抓狂的笑声。陈聪想起明湖派出所的那些同事们，算来也离家近一个月了，心里突然有了一千个一万个想回去的冲动。

那会儿，每天一早，踏进办公室就能看见赵子龙一遍又一遍地抹着桌子，那盆绿萝也是郁郁葱葱的，好像刚出生的婴孩般娇嫩，这时候陈聪的桌子上，总会有一份还冒着热气的早餐，阳光一出来，映照着闪亮的棕褐色的桌子，就像明镜一般，能把人的脸照得透亮。陈聪竟然还有点想念金婷婷了，虽然脾气火爆，但第一次看见自己就娇羞地笑着的，想到这里，陈聪"扑哧"笑出了声。

"我说你小子，还愣在这里干吗，干吗！"小个子警察用胳膊捅了捅陈聪，"还不走？"

11. 他也是警察

"走什么走,他也是警察!"循着声音而去,陈聪的眼睛突然放出了光芒,这,这不是姜超嘛!对,明湖派出所刑侦队长姜超,是陈聪的好同事,也是好朋友!

陈聪像孩子一样拥了上去,"超哥!"姜超拍拍陈聪的肩膀,"你小子啊,刚在街上就听到你的事迹了,怎么,还是改不了好打抱不平的'毛病'是哇!"同样喊的是"小子",陈聪觉得满满的暖意涌动在自己的身体里。在这么多年轻的脸庞后面,陈聪看见了赵子龙光秃秃的头顶。赵子龙是连夜赶到河北跟大部队会合的,很明显,王龙宝的事情只是一个契机,当拿到这个黑名册的时候,赵子龙就让金婷婷查到了王爷的信息,很明显,王爷是河北人,河北,这个地方,肯定有一些蛛丝马迹。

"唉哟,你这小……不不不……不早说你也是警察,真是,真是大水冲了龙王庙啊。"小个子警察乐呵呵地把姜超一行人让进了办公室，"小吴，快！泡茶泡茶，还看什么网络小说啊，你都看掉了多少人民币了。"

网络小说的兴起，在近几年可算是达到了顶峰。陈聪想起同事小郭的女朋友叶青，叶青是一家公司的会计，业余时间就喜欢写网络小说，而且每天更文五千字，雷打不动，据说已经有了几百万字的作品，小郭逢人就说，"我女朋友啊，月入三万不是梦"。你还真别说，中国网络作家排行榜第一位唐家三少，人家是一点二亿元的年收入啊，不知道看呆了多少在这个圈子里混着，或是打算要在这个圈子里混的人。

叶青有次跟小郭、陈聪他们一起吃饭，多喝了两杯，就开始讲起他们网文界的八卦来，讲到激动处，叶青拍拍小郭的肩膀，又看了一圈大伙儿，陈聪略微咳嗽了一下，悄声道："你女朋友喝多了，要不散了？"

"散什么散！"叶青一转脸，目光就对上了陈聪，"陈大公子，不是我说你，不是所有人跟你一样幸运，有这么好的家世。我们啊，都是草根，我们都是一字一字码起来的。刚开始，一部小说只卖三百块钱，三百块钱啊，都不够你吃一顿饭吧，怎么的，我们还是得卖啊，起码有人要，对吧？"

小郭轻轻抱抱叶青，"好了，好了，叶子，喝多了，咱们回家了！"

叶青却推开小郭,"难道我说错了啊!郭敬,你看你爸妈,辛苦了大半辈子,攒了点积蓄,全给你买房了不是。现在新城的房价,大家都知道的,像我们这样的,没陈大公子那么好命,一个月收入三千块钱,怎么买得起啊!"

叶青说的倒是事实,在座的人也都默默低下了头。这里坐着的,有的父母在厂里打工,一年也就万把块钱收入;有的父母已经离异,单亲家庭;也有的家里还有弟妹,甚至需要补贴家用。警察这个职业,是公务员待遇,很多人是为了待遇和福利去的,是为了生计,是为了稳定。而像陈聪这样衣食无忧的,为着理想和使命的,太稀少了。

叶青苦笑道:"你们以为我喜欢写网文啊,喜欢设计一个一个没涵养的小段子来博取读者的欢笑吗,我也想写高大上的啊,也想歌颂时代和英雄啊。可是英雄呢?贫穷人们的生活里,还有英雄的理想吗?"

重视对网络信息和网络文学的管理,实际上可能不是作者的问题,而是读者的需求。整个社会的国民素质,国民眼光不往上拔高一个层次,大家接受的文化产品也一定是庸俗、媚俗和恶俗的。

河北保县派出所里,那个叫小吴的大个子,"唰"的一声,甩开盖在身上脸上的大衣,露出了一张胖嘟嘟的脸,手里正拿着手机,脸上还残留着笑意,那些横肉,被牵动着一抖一抖的,就像在跳舞。

12. 三十年旧案

姜超和同行的警员在河北保县当地派出所的接待下，召开紧急会议，当地派出所所长岳不尚主持会议。陈聪一看岳不尚，差点笑背过去，就是一个发福版的小个子警察。姜超不动声色地用胳膊搡了搡小聪，轻声道："刚刚那个小个子警察就是岳所长的儿子。"

"咳咳咳！"不说还好，这一说，陈聪一口茶就喷了出来，接着就是止不住的咳嗽。

岳不尚冷着眼睛扫了陈聪一眼，继续道："今天呢，我们欢迎新城县明湖派出所的刑侦队伍来到保县，需要我们协助一起案件，请大家务必听从姜队长的调配。"下面的警员们开始议论纷纷起来，想来小镇已经有很多年没有什么案子了，这倒新鲜。

姜超清了清嗓子说："是这样的，各位同志，首先感谢岳所长对我们工作的支持和配合。接到上级通知，三十年前新城县发生了一桩令人发指的入室抢劫案,犯罪嫌疑人隐姓埋名至今,目前正在河北境内。"姜超的这个三十年前的案件确实存在,但很明显,这是一个烟雾弹,姜超心里也清楚,过去这么多年的陈年旧案再翻出来,想要找到真相的可能性是微乎其微的,而王龙宝,却是明湖刑侦想要一举拿下的人。所以等大家散去时,只剩下一部分人,姜超才把此行的目的跟岳所长做了透露。

在座的警员开始窃窃私语起来,"三十年过去了,这案件还能被翻出来啊?"

"可不是,那我们这里会不会有危险?这种犯罪嫌疑人肯定心理阴暗,可能会报复社会的。"

姜超看着每个人帽子上闪动的国徽,"没错,即便是过去三十年,四十年,甚至五十年,我们还是要还逝去的无辜的人一个公道。"姜超突然意识到,自己讲这几句话的时候,心潮很是澎湃。

没错,三十年前,明湖派出所接到报警,新城县林家村一户人家,一家三口惨遭灭门,正值秋季,稻谷收割的季节,当时的赵子龙才刚考上明湖派出所,当时的场景让初入警察队伍的赵子龙至今心有余悸。那是一间乡下的平房,白墙黑瓦,岁月的积淀,使得墙缝都长出了杂草,不得不慨叹生命的意义,蝼蚁尚且偷生,杂草还在奋力生长,惨无人道的犯罪嫌疑人却一把菜刀结束了三个鲜活的生命。白色的墙壁被鲜血溅得面目全非，凌乱不堪，房子旁边的映山红本来是娇艳欲滴的，此刻也好似被霜打了一样，低垂着头。

可是，现场的菜刀上却找不到任何的指纹，刑警们当即判断：这是一场有预谋的杀人案。再看这一家三口，女儿叫吴慧慧，是新城大学的毕业生，不但聪明乖巧，长得也很是可人，在学校就是出了名的学霸和校花，还有一年就要毕业了，早就跟一家知名国企签订了入职协议，正该是赚钱养家，回报父母的年纪。父亲吴其法是一名砖窑厂的工人，当时新城还没有改造建设，有一家砖窑厂位于新城县林家村的最南边，村里几乎半数以上的男人都在那里上班，砖窑厂的老板是外地人，叫张包根，张老板平时基本不在厂里，事情都让吴慧慧的爸爸管着，厂里面的工人们也因此热情地称呼吴其法为"老大"。吴其法原本是个老实的庄稼人，在砖窑厂时间久了，大伙儿不是你送烟就是我送酒的，个个贴着笑脸围着他转，逢年过节还会拎着大包小包去吴其法家里串个门，这俗话说得好"县官不如县管"。吴慧慧的母亲则是典型的农村妇女，每天起早贪黑干着农活，从不叫苦喊累，这也是林家村女人们共同的特点。

13. 旧案终石出

郑愁踏上了去往新城县的路途,离开故乡将近三十年,与其说这次是来寻找那份名单的,不如说自己是来寻根的。可是,根呢?打从自己选择叛逃的时候,早就没根了。这几年,在国外,本以为能过上锦衣玉食的生活,谁想到后来,失去保护伞的自己却担惊受怕惶惶不可终日。良心的不安,也终究抵不过似水年华的摧残,但是,有时候,错一步,就再也回不到起点了。

郑愁想起自己穿军装的第一天,英姿飒爽地站在冬日的阳光里,看着母亲含着泪的目光,心里升腾着对这个国家的热爱,对这个民族的期待。正是母亲含泪的目光,使得郑愁每次都想要把她接到美国去,可是老人家实在倔强得很,从一开始的怒目圆睁到后来索性谁都不认识,哪都不想去。这次要不是被逼着找到当年的一份名单,自己是断然不会回到新城的;更何况,王爷就死在新城,郑愁心里清楚,新城有张网正等着自己,这张网不是政府布置的,就是吴海峰设下的。

陈聪再次碰到陆子心的时候,她正在画板的支架前,一手拿着笔,一手拿着调色盘,看着眼前的芦苇荡,浓密的睫毛在阳光下一眨一眨的,那认真的表情,仿佛能把人带入她的世界;而想起第一次子心戏谑地称自己为"小伙子",到跌倒在自己怀里的娇羞,陈聪的心里忽然涌起了一种从未有过的"归属感"。

正当陈聪还沉浸在回忆里时,子心不经意的转眼,美丽的眼睛里迸发出闪亮的光芒,"哈,你!"

"是,是我!"陈聪憨笑着,朝子心走去。

有些重逢,总是在不经意间,轻叹一声:"原来你也在这里"。

吴海峰握住茶杯的手,开始颤抖起来,命运跟他开了个极大的玩笑,若不是王正国的舍身相救,今天送回去的就是他吴海峰的遗像。但这条命,也从此身不由己了。

"那天,我们跟老大一起去执行任务,可是刚到宾馆,就有人来接应。"吴海峰顿了顿,"老大对我眨了下眼睛,我便知道,这个事情没那么简单,我们这次执行的是机密任务,不可能有人知道我们这一队人的行踪,当然,除了王爷。但很明显,这是一个圈套,在我们还没摸清楚对方是谁,对方的目的之前,就已经陷入了被动的局面。老大当机立断,转头就打了我一巴掌,给我安了个莫须有的罪名,把我开除出组。这是实在不可为而为之的方法。"

没错,一九八五年,时任国安部下属单位副局长的郑愁以接近当时负责北美地区活动资料的王颖为切入口,获得了潜伏在外多年的晨星的行动时间,而被当时在北京的敌方侦察员秘密逮捕。国安部当机立断,组建以王正国为队长的临时行动小组,前往美国,试图找寻到已经潜逃的郑愁的下落,也试图了解晨星当时的状况。

但是,王正国一行人乔装改扮刚踏上美国领土,就陷入了一个敌方设定的圈套,除了被王正国打了一巴掌,开除出行动小组的吴海峰以外,所有人统统牺牲。

隐藏了多年的秘密,在还没揭开的时候,就再次陷入了深不可测的黑暗中。

吴海峰终究舍不下战友,秘密发电报向上级汇报,再次赶到现场,看到的只剩下王正国惨烈的死状。而辗转多国,回到祖国的吴海峰,也被上级叫停,此事到此为止。

"那么,犯罪嫌疑人锁定了吗?"那个岳不尚所长的儿子,小个子警察忽而收起了起先吊儿郎当的样子,"如果真在我们这儿,这样的危险分子要赶紧实施抓捕。"在座的警员们也纷纷点起头来,那个胖胖的,满脸横肉的,喜欢看网文的,叫"小吴"的大个子也使劲点起头来。低沉的气氛弥漫在这间小小的派出所里。

姜超眉头深锁,"不错,据我们掌握的情报,这个犯罪嫌疑人潜伏在河北已经近三十年。"

小吴脱口而出:"怎样的深仇大恨啊,要把人家一家三口全部杀了,然后藏起来这么多年还不被人发现。"

"犯罪嫌疑人也有可能是女人吧,队长?"陈聪忽然无缘无故地冒出这么一句话,把在场的人都惊呆了。

"怎么可能,这样的心智,这样的手段,肯定是男人嘛。"

"小聪果然还是根小葱,是刚上班不久吧。"

在座的你一言我一语,叽叽喳喳起来。

岳不尚不动声色地看了陈聪一眼,心想:这个年轻人,岁数不大,眼光倒是独到。继而轻轻咳嗽了一声说:"我说了,让大家配合新城县的刑侦工作,不要做一些没有意义的揣测。"陈聪忽而想念张平良,那个明湖派出所的所长。

在这样的案子面前,张所就喜欢让大家畅所欲言地说话,说自己想说的话,发表自己的观点,不管是对的还是错的。

而另一方面,没错,实施抓捕王龙宝的那张网,正一步步逼近。

14. 借调一个月

二年级的课堂里,唐微微老师正在讲看图作文怎么写。作文教学,几乎是让所有语文老师都觉得头疼的事情。唐老师毕业于师范学院,从小的理想就是做一名语文老师,这几年的工作中,对教师行业的热情愈加浓厚,特别是在一届又一届的学生更换中,让她越来越热爱自己的这份职业。

"你能给大家说说,你看到图上都画了谁啊,他们在干什么呢?"所有低年段的女老师,讲话都是细软的,如春风拂面。

晶晶盯着那幅图,看到了一个小朋友正在把手里的硬币交给一位警察叔叔,那叔叔的样子像极了爸爸,爸爸也是戴着这样的帽子。可是,晶晶很少见到爸爸,因为爸爸太忙了,想到这里,孩子的眼泪又扑簌扑簌地流了下来。

"唐老师,唐老师,晶晶哭了。"邻桌的小朋友讶异地叫了起来。

唐老师看着那个戴着帽子的警察叔叔,一下子就想到了那次带晶晶去打吊针的场景,孩子稚嫩的心事在一串又一串的泪水珠子里,反反复复滚动着。唐老师这么想着,拨通了乡下母亲的电话,母亲正带着自己三岁的儿子。

"安佳,你……重新找个人好好过日子吧,"老人在接到王正国噩耗的短短一个月内,已经干瘪得像被抽干了水分的柳条,"你是个好孩子,我们正国没有福气。"看着安佳隆起的肚子,老人虽然有一千个一万个想要孙子的念头,也知道不能耽误了安佳的未来。

没有能比一个老父亲,欲言又止,欲哭无泪,更加苍凉的处境。

陈聪的衣服被眼前这个疯女人死命地攥着,"认识你,认识你。"女人含糊不清地念叨着,自从上次陈聪救了这个落水的女人,当地人开始叽叽喳喳起来,有的说"那个救她的小伙子很有可能是她失落已久的孩子",有的说"她孩子老早就死了,怎么可能凭空冒出一个外乡人的儿子",也有的说"这个孩子来河北就是寻亲的,很有可能,眼前这个疯女人就是他的亲生母亲"。

古时候有三人成虎的故事,讲的是庞葱陪太子去邯郸做人质,庞葱对魏王说:"现在,如果有一个人说大街上有老虎,您相信吗?"魏王说:"我不信。"庞葱说:"如果有两个人说呢?"魏王说:"那我就要疑惑了。"庞葱又说:"如果增加到三个人呢?"魏王说:"那我就要相信了。"庞葱说:"大街上不会有老虎,那是很清楚的,但是三个人说有老虎,就像真有老虎了。如今邯郸离大梁,比我们到街市远得多,而毁谤我的人超过了三个,希望你明察秋毫。"魏王说:"我知道怎么办。"于是庞葱告辞而去,而毁谤他的话很快传到了魏王那里,后来太子结束了人质生活,庞葱果真不能再见魏王了。

可见,三人成虎是很可怕的事情,但又有种说法叫"无风不起浪",所以这些版本到了陈聪的耳朵里,还真的让他起了一定的化学反应。虽然王龙宝案已经告一段落,但陈聪还是决定以借调的名义,在这里停留一个月。一来是为了一家三口灭门案的跟进,二来是为了调查自己的身世。陈聪总觉着这里有自己非常熟悉的气息,这种熟悉是不能言表的。

而此时,王龙宝已经被顺利抓获。

如果正如陈坚所说,自己既然是王正国和曹安佳的儿子,那么,那个不曾谋面的母亲呢?那个在陈坚口中坚韧又美丽的女人,那个智慧又冷静的女人现在在何处?

15. 你在才有家

九月的新城,是金黄的。

这座江南的小城,境内地势平坦,明湖景区的风景最为怡人,景区有八大景点,各具特色,历来有"八景风光各不同,四时宜游似画中"的说法。而陈聪家的别墅,就坐落在新城的南区。在这里居住的人们,多半是新城的企业家、商人,但家家都自闭门户,偶尔看到保姆出入,房主之间却是极少照面。

而新城的北区则是很多拆迁和安置房,房屋之间互相挨着,空间面积比较小,有的外来务工人员为了孩子的读书问题,也会各种贷款去买一套。有的是在小区门口摆摊卖早餐的,有的是在工地上上班的,这不,最近楼盘紧俏,耀江集团又开始建造新的楼盘了,而很多工人都要忙到深夜十二点。

"你跟小青什么时候结婚啊?"家住北区的郭敬在明

湖派出所值了一夜班后回到家,只见两鬓微白的母亲正择着乡下自家种的菜,"你看啊,新房子也都买好了,再花点钱稍微装修下就可以住了。"

小郭何尝不想结婚呢,跟女朋友叶青,从认识到现在,已经将近五年,眼看就要经历七年之痒,尘埃落定是迫在眉睫的事情,但小郭心里是有梗的。

小郭的父亲因为在工地上一次意外摔伤,至今仍躺在床上,家里把朝南的房间留给了郭爸,那是日照最充足的一间房,但老人还是只能平躺着,直不起身子。虽然政府给了每年三万的补助,但仍是杯水车薪,别说提高生活质量,就是每个月的房贷,都是一笔不小的花销,郭敬一想到这里,就不觉悲从中来。

如今啊,这结婚,跟那烧钱没什么两样。从婚庆开始,到酒席,摆的低端,人家说寒酸;摆的高档,那可是要拿钱来实现的。小郭自然知道自家情况,也不想增加父母的负担,可一生就一次的婚礼,怎么能委屈叶青呢。这话说出去,估计也是没有人相信的,竟然为了一场婚礼的开销,而阻碍了一对情侣的未来。

郭爸把小郭叫进了房间,老人吃力地指指枕头,示意小郭把底下的东西拿出来,当一沓厚厚的用报纸包着的人民币出现在小郭面前时,男人的坚强瞬间崩塌。小郭的眼泪再也抑制不住了……

这笔钱，小郭知道，那是郭爸摔下脚手架获得的赔偿金，那是差点用命换来的钱啊，自己却要用这笔钱换一场张灯结彩、敲锣打鼓的"结婚表演"，真是讽刺啊。小郭突然有点羡慕陈聪，起码他不会担心钱。

"拿着呀，傻小子，你爸这一生不就是为了你能有个家吗？"郭爸似乎使出了全身的力气，把厚厚的报纸往小郭怀里塞。

小郭的眼睛，更加迷离了。

"爸，我……"

"我什么我呀，傻瓜，爸没事。"

小郭以前老想着，初中高中大学，能跑多远就跑多远，最好大家都不知道自己贫困的家庭。记得有一次，也是九月，秋高气爽，瓜果丰收的时节，郭爸带着自己家种的梨子，倒了好几班车到学校给郭敬送去。在校门口，郭敬看到了黝黑的、矮小的父亲，双手拎着两只红色的陈旧的塑料袋，一只只可爱的梨子柄上，还留着鲜嫩的叶子，苍翠欲滴，宛如郭爸看到郭敬时的欢欣，在一路颠簸风尘仆仆的劳碌之后，脸上挂着满足的笑容。

16. 父亲的背影

郭敬在环顾四周后,确定没有同学和认识的人之后,忙把父亲让到一边,"哎呀,爸,您怎么来了呢?不是跟您说过的吗?我在学校一切都好,您放心。"

郭爸在看到郭敬眼神里的闪躲时,也开始局促不安起来,低头瞧瞧自己粗劣的麻布衬衫,卷起的一只裤脚,忙放下手中的塑料袋,想整理一下,谁想,梨子们像一个个调皮的孩子,骨碌骨碌纷纷跳出袋子,滚落一地,"哎呀!"伴随着郭爸的惊叫声,引来了正在放学的学生们纷纷投来的目光,小郭脸上开始红一阵白一阵,任由蹲在地上的父亲独自在满地捡着梨。

"叔叔,给!"那个声音的主人,便是叶青。

那时的叶青,梳着长长的马尾辫,神采奕奕,身边是一群男生女生,那明媚的样子至今还深深烙在郭敬的心里。

这世间的相遇,是命中注定吗?郭敬当时自然不知道,而现在，已经有些明朗了，这些年，两个人从相识到相知，从相知到相恋，经历了多少事情，成了两个人不可复制和代替的记忆。

"我不要，我真的不要。爸。您赶紧回去吧。"郭敬轻轻推着父亲，和父亲手里两大袋子满满的梨，"以后……没事不用来看我，我会照顾好自己的。"

父亲的背，不知道什么时候开始佝偻了；父亲两鬓的头发，不知道什么时候开始花白了；父亲的眼睛，不知道什么时候已经看不清楚了。郭敬突然发现自己读了那么多书，明明知晓那么多道理，在虚伪、赤裸、苍白的现实面前，自己竟变得那么渺小和龌龊。

"爸，那次，我真的不是……"郭敬鼓起勇气，握住躺在床上的父亲，"那年秋天……"

"好了呀，傻小子，什么时候变得这么婆婆妈妈了，赶紧的，跟叶青求婚去，那么好的姑娘，做不成我儿媳妇，我打你哦！"郭爸打断了郭敬的话，但就在郭敬转身走出房门的时候，看到了父亲湿润的眼角。

有些忏悔，错过了很多年。

17. 陈年案中案

借调在外的一个月。

陈聪正翻阅着以往新城和河北之间有关联的案件，忽然看到了一桩触目惊心，让人毛骨悚然的案件。而案卷封口上的"密"字，因为陈聪的专注，竟然没有发觉。

原来，一九八七年前，首富并不是陈坚，而是一名叫"王爷"的外地人，这个人十多年前携一笔巨款来到了新城县投资发展，据说新城有一半的公路是他出资造的。后来有一天，他被发现死在了自己的工地，整个脑袋被割了下来，一刀割断，伤口非常平整，而且按照切面，是匕首大小的利器做的，不是砍刀什么的大型工具，手段非常专业。奇怪的是，这起案件并没有下文，照理说这么大的案件，警方肯定会追踪跟进，但事实是记载的内容仅限于这起案件，真的没有任何下文。

如果按照黑子所说，"王爷案"是他做的，那么为什么还会牵扯进这一家三口的陈年旧案，难道也是黑子做的？陈聪拨通了赵子龙的电话，赵子龙以前就是老刑警。

"怎么了，小聪？在河北还顺利吗？"电话里传来赵子龙略显苍老的声音，短短半月，陈聪明显感觉到赵子龙的不同往常，自从那次在河北匆匆一别，赵子龙只留下了一句话给陈聪："师父给你带的新城的糕点，一定要去拿，就放在国宾馆。"陈聪当时就觉得很奇怪，一来赵子龙这么久以来，从未以师父的身份自居；二来国宾馆离河北还有那么远的距离，为什么赵子龙要把一份不起眼的糕点放到国宾馆去，而不亲自带给自己。从中，陈聪判断出赵子龙一定是留了什么线索给自己。还有，那个匿名短信，也直指国宾馆。

"是的，赵叔。"陈聪心里明白，哪怕是现在的刑侦队长姜超，他也肯定不会清楚这件陈年大案，而只有在所里时间最久的老前辈，他们走过的桥比年轻人走过的路还多。

原来，这起轰动一时的大案，当年全国各路刑侦豪杰、私家名探都前来帮助破案，可是丝毫没有进展，原因有两个：一个是现场在郊区工地，以当时的监控水平，完全覆盖不到这里；另一个是这个案件有一股强大势力在暗中阻扰，侦查人员没法全力以赴。那么，这股强大势力到底是什么？父亲陈坚也一直忌惮的这股势力背后到底隐藏着怎样不可告人的秘密?

赵子龙似乎欲言又止:"小聪,这个案件,我建议你……不要去深入了,不管你查到了什么,查到哪一步,都到此为止吧。"

"赵叔,我入职的第一天,你就跟我说过,警察这个职业,啥都图不到,除了摸着自己的良心上班以外,就什么都没有了。"小聪想起自己入队时的宣誓,那举起的右拳,不仅仅是一种口号,也不仅仅是一种仪式,那是他自愿选择的一种活法,而这种活法,是注定不会轻松的。

赵子龙似乎被这句话打动了,当年,他出身贫寒,也是凭着这一腔热血,加入了刑侦队伍,虽然在这个略显现实的社会,在这个人情关系还挺行得通的时代,还有许多的不公,但赵子龙坚信只要秉承信念,就一定能抵达美好。他是这么想的,也是这么坚守的,直到半个月前,他还抱着宁可不要命,不要这身他为之奋斗了一生的警服,也要还世人一个真相。可是他错了,明知真相就在眼前,他不能,不能再追查下去。

"赵叔,赵叔!"电话那头传来陈聪急促的声音,"你还在吗?"

一时的恍惚,赵子龙怔在那里,"在的,在的,臭小子。"

实际上,赵子龙不知道,其实陈聪已经知道黑子就是杀害王爷的凶手,也知道了当年国安"301"的故事,更加知道郑愁叛逃美国。赵子龙眼里,陈聪还是个一九九〇年出生的毛孩子,已经生活在这么一个美好而伟大的时代,实在没有必要让他去承受一些过去的苦痛。这是一个长者对晚辈的关照,也是一名老人民警察对新警察的呵护。

赵子龙继续道:"不错,其实当时现场其实留下了一个指纹,但当时的技术没法去一一比对全国所有人的指纹,因为指纹要一一采集过来,而且需要人工核查才行。当时全球第一华人神探李博士也过来了,他了解情况之后,只说了一句话:十年之后,你们指纹技术到了,自然会破案。而现在,指纹比对技术已经突飞猛进,完全靠机器,只要采集到那个杀手的指纹,就能顺利破案。"

陈聪自然知道这些事情,但他又不能告诉赵子龙。那么,那个王爷到底是什么人?除了白鬼和郑愁外,背后有股真正的主导势力又是什么?如果说当年郑愁的腐败,被人担保了下来,并使他顺利叛逃美国,那么,在我们国安部内部,也潜伏着……

陈聪突然有些害怕,如果事情真的这样,那简直是不可想象。

陈聪陷入了从未有过的深思里。

18. 神秘国宾馆

钓鱼台国宾馆，坐落在北京海淀区玉渊潭东侧，是一处古代皇家园林，也是国家领导人进行外事活动的重要场所，更是国家接待各国元首和重要客人的超星级宾馆。

要说历史，那要上溯八百年前的金代。这里位于京城西北，名为"鱼藻池"，水面面积很大，玉渊潭的钓鱼台没有间隔，是金、元皇帝每年游幸之地，金章宗在此处垂钓，因而得名"钓鱼台"。到了明代万历年间，这里成为明代皇帝的近郊别墅，史料记载，乾隆皇帝还亲自为钓鱼台西侧瓮门赋诗题匾"钓鱼台"。

正是这么一座历史悠久、典雅庄重且不同于其他酒店的宾馆，是陈聪收到的匿名短信里直指的地方——"我在北京，如果你想知道真相，就来国宾13号楼找我。"

发短信的人是谁？为什么要把自己吸引到北京的国宾馆来？

踏入国宾馆，有一种莫名的阴冷，天气分外温暖，陈聪的心却不自觉地打起鼓来，在一楼一楼的盘找中，陈聪发现，这里的格局很奇特，就像是一张网上盘踞着许多蜘蛛，进口的门就像是这张网的入口，越往里走，就越深，整个格局又好像是一只长大了嘴巴的怪物，正等着活物自投罗网。陈聪数了数，在这只怪物的嘴巴里，一共有十七栋楼，但奇怪的是，他根本就找不到13号楼，但分明有12号和14号。

"这么诡异！"陈聪在心里暗叫。这时，迎面走来了一位老者，只见老者拄着拐杖，戴着眼镜，眼睛却空洞无神，而且面无表情，"陈先生，你到了？"

陈聪环顾四周，并没见其他人，确定老者在跟自己说话，"啊？您老人家在跟我说话吗？"

老者用拐杖在地上敲打了三下，便背过身去，径直往前，陈聪忙跟了上去，穿过玲珑的假山、曲折的小径和潺潺的流水，在走到一栋名为"芳菲苑"的建筑楼里，老者忽而转身，动作之迅疾和猛烈，让警校出身的陈聪也猝不及防地一下子撞到了老人的胸口。只听"砰"的一声，陈聪被撞得眼冒金星，与其说是撞在一个老人的胸口，不如说是撞在一块坚硬的石头上。再抬头，却还是看见老人那波澜不惊、面无表情的样子，就好像刚刚那一次猛烈的撞击，压根与他无关。

"什么鬼！"陈聪心里暗惊。

老人毫无表情的样子就像是一个没血没肉的机器人，陈聪试着想去摘下老者的眼镜，却被老者拿拐杖以迅雷不及掩耳之势挡了回来，"陈先生，请。"

请？请哪里去？陈聪再次环顾四周，这栋名为"芳菲苑"的建筑，以金色系为主，天花板上的琉璃灯也做成了倒挂的金字塔模样，间隔的白色和地上的墙砖，上下呼应，让置身其中的人，有分不清时空的错觉，这种设计似乎也迎合着某种仪式感，对，仪式感！

只见老者用拐杖在面前的地砖上轻画了一个金字塔，然后轻敲三下，天！天花板顶灯正对下方的位置，竟然出现了一个大窟窿，陈聪吃惊得忙往后退去，老者脸上依旧是不动声色的表情。

19. 芳菲苑玄机

眼前出现了一条青石板路,这样的青石板竟然跟新城的青石板几乎一模一样。相较于刚刚芳菲苑大厅的富丽堂皇,这里仿若一个全新的世界。陈聪知道自己有可能已经踏入了一个很大的阴谋的局,可也停止不住前行的脚步,一路向深处走去。

这个局,有可能是关乎自己的身世,也有可能是三十年前新城林家村的三口灭门案,也有可能与那个叫"王爷"的人有关。那个在望月岛救起的女人,明明只是陌生人,为什么看自己的那种眼神,却那么特别。一九八五年到底发生了什么事,这些一丝一缕的细节,是有关联,还是有人刻意安排,都不得而知。只是这一幕又一幕,在陈聪的脑海里反复回放。

陈聪此时才发现,自己就是那个走入怪物口中的活物,似乎一直在被谁牵着走,只好走一步算一步。

沿着青石板路，陈聪跟在老者的后面，老者的拐杖发出"笃笃笃"的响声，如果是在新城，这样的场景是多么闲适和惬意，但在这样一座神秘国宾馆的地下暗格里，陈聪感到的只有莫名的恐惧。他甚至都不知道面前这位带着自己走的老者是谁，做什么的。从那条匿名短信开始，到踏入这里，似乎一切都是被设计好的。

"老人家……"陈聪试着打破这难忍的静默。

"叫我黑叔。"分明是白白净净的老头，非要说自己是黑的，什么人嘛！但总算这个机器人跟自己说话了，陈聪乘势追问："那条短信……是您发给我的吧？那年秋天，发生了什么啊？您是不是知道我的身世……"

老者冷峻的眉峰一挑，"别多话！你身上可没有王正国的半点英气和豪气。"

"王正国？"这些日子以来，陈聪听到最多的就是这个传说中的亲生父亲的名字了。

在穿越了漫长的青石板路后，陈聪终于看到了尽头的一处光芒，正想奔过去，却被老者一把拉住，"到了。"

"到了？到哪里了？出口不就在眼前吗？"

"你以为光明的尽头都是出路吗？"老者意味深长地看了陈聪一眼，又用拐杖在右边第三格的石砖上敲了三下，突然，右边的整栋墙都"唰唰唰"地降了下去，又回到了芳菲苑的大厅，哦，不对，这里粗看跟芳菲苑的大厅是一样的设计和布置，但仔细看来，其实不是，大厅的天花板灯是倒挂的金字塔，这里却都是正挂的金字塔。

这里到底是什么地方？为什么发匿名短信的人，指明要到13号楼，而国宾馆里根本没有13号楼，这位老者似乎就是为了等待自己而来，继而把自己带到这么一栋极其隐秘的建筑暗格里。国宾馆在八百年的历史变迁中，竟然有这么一处如此不为人知的地方，这里究竟隐藏了多少秘密。

陈聪有些紧张，又有些害怕，还有一丝惊喜，因为他知道，自己正在一步步接近真相。

20. 金字塔图腾

金色的琉璃灯闪闪发光,正中央是一张绛红色的长条桌子,桌子的四周都镶嵌着金字塔一样的花纹,跟顶灯似乎是配套的,又好似某种奇怪的图腾。

图腾,传说中是记载神的灵魂的载体,是古代原始部落迷信某种自然或有血缘关系的亲属、祖先、保护神等,而用来做本氏族的徽号和象征。不同地区和国家的人有不同的图腾崇拜,比如,中华民族的图腾是龙,而俄罗斯则有熊的图腾。图腾是最早的社会组织的标志和象征,起着团结群体、密切血缘关系、维护社会组织和互相区别的功能。那么,眼前的这个金字塔图腾,是不是意味着某个神秘的组织呢?这个组织到底是干什么的?为什么深潜在钓鱼台的下面?究竟隐藏着什么不为人知的秘密呢?陈聪觉得不寒而栗。这些电影里看到的情节,现在就这样活生生地摆在自己眼前。

而这个图腾为什么是金字塔呢？陈聪虽然历史学得不怎样，却也很清楚金字塔的来历。很多人都只知道埃及有金字塔，实际上，它的分布区域很广，不单是埃及，美洲等地也有。但毋庸置疑，金字塔就是陵墓。追溯历史，约从公元前三千五百年开始，尼罗河两岸陆续出现几个奴隶制小国，而大约公元前三千一百年，初步统一的古代埃及国家建立起来，古埃及国王也称"法老"，是古埃及最大的奴隶主，拥有至高无上的权力，他们被看作神的化身，为自己修建了巨大的陵墓金字塔，于是金字塔就成了法老权力的象征。后来，世人也把金字塔当作最高权力的象征。

眼前这个偌大的空间，除去身边那位奇特的老者外，陈聪以敏锐的观察力发现，那背对着自己的椅子上，肯定坐着某位人物，因为那位老者原本拿腔作势的气息和气场，瞬间消失殆尽。

"你，终于来了。"一个嘶哑、浑厚的如洪钟一般的声音在这个空大的房间里响起，字字如千斤般敲打在陈聪的心上。

他是谁？那条匿名短信的主人吗？带路的老者已然是那么不平凡，但对眼前的这个人分明毕恭毕敬。

"你是什么人？那条匿名短信是你发的吗？"陈聪觉得被人牵着鼻子走的感觉实在是不好受，与其在心里反复猜测，不如直接问他。谁想，眼前这个人倒也实在，"不错,是我发的,是我要你来这里的。"

"为什么?"陈聪迫不及待地想要知道对方是谁,知道自己的身世,竟不自觉地靠近这张绛红色的长桌和这个背对着自己的神秘男人。

老者轻轻一挥,陈聪竟被不知名的气息震得往后退了好几步,"黑叔,无妨。"椅背后面的男人竟慢慢转动起座椅来,眼看着要看见这个神秘人物的脸了……

21. 神秘人身份

　　被黑叔强大的气息震动的陈聪有些不服气，自己好歹也是警校毕业，而且是以第一名的成绩毕业的优秀生，居然在一个老人面前，被逼得节节败退，免不了想要切磋切磋的心痒，正欲比划比划。

　　"不要恼，小聪，你不是黑叔对手。"终于见到庐山真面目，陈聪大概做梦都不会想到，眼前这个人，就是自己打小就认识的老程！没错，就是陈家的管家，父亲陈坚的得力助手！平时那个在父亲面前唯唯诺诺的人，讲话轻声细语的人，此刻的气场和魄力，甚至是自己父亲陈坚所不能及的。

　　"为什么是您？程伯！"陈聪觉得面对这么一个熟悉得不能再熟悉的长辈，瞬间变成了一个自己不曾真正认得的陌生人，这种感觉很怪异，但也让人毛骨悚然。

　　"是啊，你当时到陈家的时候，只小毛头一样大，现在都这么高了。"陈聪忽而想起，自己不是陈坚亲生儿子这件事情，"所以说，我真的不是……陈坚的亲生儿子？"

"不错，你应该也查到了一些线索。陈坚当然不是你的亲生父亲，你的亲生父亲叫王正国，而陈坚就是害死你父亲的凶手！"老程意味深长地看了一眼陈聪，"亏你这些年认贼作父啊。"

"这不可能。"陈聪想起自己小时候，哪怕是小感冒，陈坚都会整夜不合眼地陪着自己，那种眼神里流露出的父亲的慈爱，怎么能有假？但他心里又是矛盾的，因为陈坚分明确实瞒着自己一些事。什么事，却不得而知。

"信不信都是事实，不是吗？"老程笑得更加意味深长，陈聪又忍不住打了个寒战，但随即很机警地摆了一道给眼前的这位程伯，"那么，陈坚为什么要杀我的生父呢？"

"你的生父叫王正国，是国安部的得力干将。一九八五年，你父亲带着一行人到美国执行任务，但因为吴海峰的出卖，你父亲被暗杀了，这也是为什么只有吴海峰一个人活着的原因。哦，对了，我忘记说了，吴海峰就是你现在的父亲原来的名字！"老程的声音依旧轻轻的，但重重地敲打在陈聪的心上。

如果事实真如老程所说，那么陈坚曾经在书房谈及自己的身世，却完全颠倒了，从陈坚那里，陈聪得知自己是其战友的孩子。王正国当年究竟是怎么死的？真的是因为陈坚的背叛吗？但是陈坚口中，明明是另一个版本。到底谁在说谎，还是另有隐情？陈聪总觉得那个慈爱的父亲，不像是这种人。

"那么，程伯，您又是什么人？为什么您知道这么多？您是我爸……哦，不，陈坚的管家啊，你们难道不是一路人吗？"陈聪看看身边的老者，再看看眼前的老程，还有那些金字塔的图腾，都意味着什么呢？

"我是你爸爸的好朋友。"老程的眼光随即暗淡了下来，"自从你爸走了后，我就不相信这次事件是一个意外，我总觉得是一场阴谋，于是展开了调查，后来才发现陈坚将你带到了江南收养，我就化名老程，去做了陈坚的管家，想要为你父亲报仇。"

事情被叙述得有理有据，老程的目光又重新回到陈聪的脸上，"而且我可以告诉你你想知道的，三十年前那个旧案，那一家三口被杀，其实就是晨星所为，因为郑愁的原名叫吴莫愁，他正是吴慧慧的叔叔。"

"那晨星为什么要杀郑愁的家人？"陈聪看着眼前的程伯，忽然觉得脑子一片混乱。

"为什么，为仇恨呀！你以为晨星真的死了吗？呵！"

陈聪觉得自己就像是拿着两个剧本的演员，同样的故事人物，不同的故事版本，而自己，正开始模糊，到底哪个版本是真实的……

22. 黎明前黑暗

新城的明媚，对比北京的复杂，让故事陷入了另一种不可名状的情态里。

陈聪想着，如果正如老程所说，哦，不对，不是老程，这个异常神秘的似乎拥有很高权力的老人，很明确地告诉陈聪，自己的亲生父亲是由于现在的养父陈坚的背叛，才命丧黄泉，而陈坚这些年来一直抚养着自己，并且，陈坚口中的版本是：叛徒是王爷，是郑愁，更是这二者背后的黑暗势力。

"小聪到现在都还没回来，我得去趟北京，这孩子，万一出事怎么办？"贾珍突然意识到，那个被自己抚养疼爱的儿子，已经不是那个可以用棒棒糖就能哄好的小娃娃了。本想着安排好的线路不会让陈聪碰到那股背后的势力，谁承想敌方的渗透力太强，已经强到贾珍无法驾驭的地步。

陈坚也开始局促不安起来,"当年,要不是他父亲,怎么会有现在的我。如果他有什么事,我真的……一辈子都不会原谅我自己。"陈坚说的是实话,当年确实是王正国的一巴掌救了自己。

金婷婷迷迷糊糊地醒了过来,她慢慢发现,自己被麻绳绑在了一根湿漉漉的石柱上。她观察了一下四周,发现自己身处新城县一个废弃的基督教堂。而眼前还有两个人,一个是白鬼,她认得出来;还有一个,她想应该就是郑愁了。

她想开口说话,但嘴也被胶布封上了。

白鬼发现金婷婷醒了,走过去摸了摸她的脸颊,金婷婷吓得眼泪瞬间流了出来。

白鬼诡异地笑了笑,说道:"你的小男朋友马上就过来送死了,到时候把你们葬在一起怎么样?"

金婷婷越是摇头和挣扎,白鬼就越兴奋,他恨不得用刀挑开她的衣扣,好好蹂躏一番,但他得看郑愁的眼色。

郑愁的确不会给白鬼这个机会,因为决战就在眼前。他嘱咐白鬼检查一下枪支,一把是56式半自动步枪,一把是64式手枪,这两支枪都是很早以前郑愁利用职权私藏的。56式半自动步枪早就淘汰二十年多了,威力大、精度高,但卡壳率也较高。它是仿苏联SKS半自动步枪制造的，是拉栓式的狙击步枪，跟德国的 Kar98k 有异曲同工之妙。64式手枪比较常见，现在大部分派出所还是以配备64式手枪为主，它枪身小，携带方便，经常被用于刑警的抓捕任务，所以警界也称之为"刑警枪"。

检查完枪支，郑愁让白鬼录了一段金婷婷挣扎的视频，用金婷婷的手机发给了陈聪。然后，白鬼伏在金婷婷被绑的柱子后面，郑愁则伏在二楼扶手旁，静待猎物上钩。

金婷婷的事故现场，经过交警监控查看，发现了异常，于是李想局长立马调集所有街面警力搜查嫌疑商务车。白鬼撞死黑子的那个现场经过监控调取，发现了金婷婷和陈聪在场，况且陈聪还有和黑子的拉扯行为，加上金婷婷的事故，使得交警队不得不去找陈聪问个明白，于是马上派了一辆警车，往陈聪家开去。

陈聪收到白鬼发来的视频后，心急如焚，由于视频没拍到全貌，他和陈坚两人认不出这是哪里，于是两人急忙开上陈坚的跑车，上街搜寻。

车刚开出家门，交警队的警车到了，交警队示意陈聪下车，陈聪没时间解释，也顾不上那么多，一脚油门便将车直线拉了过去。交警们以为陈聪做了什么亏心事，要逃跑，于是赶紧调转车头，鸣响警笛追了上去，并通过对讲机呼叫增援。

这一呼叫，全城正在执行搜寻任务的警车以为找到了嫌犯，立马调转车头，直冲陈聪驶离的方向。毕竟这是一次很好的表现机会。

于是就有了这样的场面，陈聪驾车拼命地在全县城兜，陈坚在副驾驶拼命地认建筑物，而全城的警车在他们后面拼命地追。每一个街口，都能让陈聪甩掉几辆，毕竟公车与跑车的速度是没法比的。

车上，陈聪问陈坚："假如你是郑愁，会选哪？郑愁肯定会进行伏击，所以应该是有伏击条件的，暂时不会让人发现。"

陈聪看了看身旁的父亲，此时完全是一个老刑警的模样，"看视频里的柱子好像是挺陈旧的，不会是废弃的什么地方吧？有点像KTV。"

陈坚赞叹地点了点头，果然李想局长说陈聪有着异于常人的敏锐感，自己要不是走上这条复仇之路，或许真的可以好好培养这个儿子，"对，应该是废弃的，但不应该是KTV。"

陈聪紧接道："感觉有点像欧式建筑。"

陈坚顿了顿说："郑愁出国后，可能沾了太多血，信了基督，经常去做礼拜。"

陈聪几乎雀跃起来："这就对了，肯定是城西那个基督教堂，刚废弃，打算拆除。"

陈坚心照不宣地朝陈聪点了点头。两人难得意见统一，精神一振，立马杀向城西。

十几辆警车也一路跟在后头，警灯直闪，警笛不停。

23. 殊死的搏斗

两人到达教堂门口，迅速跳下车，陈坚从车里拿上了自己在二十几年前用的贴身匕首，这把匕首"301"侦查队以前每人都有一把。两人进了教堂，看到金婷婷被绑在柱子上，陈聪大喊一声，立马想要上前，被陈坚及时拦住了，他说先观察观察。

此时，众警察也进了教堂。众警察看到陈坚手上拿着匕首，而金婷婷就被绑在不远处的柱子上，于是纷纷掏出手枪，几十把手枪一齐指向两人，并喊道：不许动！放下武器！

白鬼和郑愁见状，以为他俩被警察发现了，于是竟主动现身。

郑愁故作镇定，大笑道："哈哈哈，吴海峰，多年不见，想不到你现在如此孬种，什么时候开始靠公安那帮傻蛋撑场面了，这帮傻子简直有辱我们警察的形象！"

众警察循声望去，看到二楼有人拿着狙击枪，领头的立马下令隐蔽。陈聪和陈坚也跟着隐蔽。陈坚隐蔽好之后，露出半边视线远远看着郑愁，隔空喊话道："郑愁，我也想不到你还敢以警察自居，你下来，今天我在这儿，咱们来个了断。"

"下来？哈哈，你怎么不出来？做个缩头乌龟！"郑愁的笑声回荡在这座空荡荡的教堂里。

而当众警察隐蔽好之后，领头的才明白是怎么一回事，于是大声喊着郑愁缴械投降的话。缴械投降？郑愁的词典里绝对没有这个词。于是，他朝众警察开了一枪，子弹故意没有打中任何人，而是起到威慑作用。枪声响彻教堂，现场鸦雀无声，只听到有对讲机在呼叫特警支援。

郑愁知道要速战速决，不能僵持太久，他的目的是杀陈坚父子。于是他大喊白鬼的名字，话音刚落，众人看到白鬼拿着手枪从金婷婷身后闪了出来，并且用枪指着金婷婷的脑袋。

陈聪看到了，毫不犹豫马上从掩体里窜出来，想要上前营救金婷婷。郑愁见状，以为机会来了，马上扣动扳机，但是被陈坚扑了过去，两人向前倒去，又倒在了掩体后面。

陈坚大骂陈聪鲁莽，但是陈聪看到金婷婷的生命正遭受威胁，怎能控制得住自己。这个女孩对自己来说已经不单单意味着同事，或者暧昧的对象，而是自己的女人。

白鬼知道这招管用,便继续施压:"陈聪,我数到三,如果不站出来,我就开枪打死她!"

"一——"

金婷婷想,这种电影里的桥段怎么会被自己碰上,陈聪出来他肯定会死。这个紧要关头,她已经将自己的生死置之度外,考虑的全都是自己最关心的,那就是陈聪的生死,于是她拼命挣扎,想要挣脱绳索。

"二——"

陈聪跟金婷婷的性格脾气在骨子里其实挺像的,有一股一往无前的豪气,所以陈聪也早就将生死置之度外,他知道再等一秒钟,金婷婷可能将永远离他而去,于是拼命挣脱陈坚的双手,想要冲上前去。

陈坚了解陈聪的脾气,他知道再这样下去,迟早会乱了方寸,前功尽弃。他想掌握主动权,于是大喊道:"行,我出来,先不要开枪!"

陈坚示意陈聪从边上绕过去,趁他吸引白鬼注意的时候,把金婷婷解救下来。陈聪点头答应,他虽然对父亲有很多误解或者看法,但对父亲的决策还是非常信任的,以至于他根本没有弄明白父亲这是破釜沉舟。郑愁发现陈聪救下金婷婷之后,势必会开枪击杀陈坚。陈坚把报仇的希望完全寄托在了陈聪身上。

陈坚站出来之后,表示要跟郑愁谈判,陈坚说他可以去找国安部求情,放郑愁一马。

郑愁大笑:"你当我是三岁小孩?"

陈坚看不管用,脑子一转,想到了一张王牌,他说:"想想你的老母亲吧,用你老母亲换这小姑娘的命如何?"

一提到郑愁的母亲,郑愁果然迟疑了。陈坚一看有效果,立马大喊:"郑愁,我在新城县的势力你也知道,今天这里死任何一个人,你母亲一步也跑不出朝阳小区。"

郑愁出了一头汗,听陈坚这么一说,急忙喊停,表示可以商量。

陈坚看暂时稳住了郑愁,于是朝陈聪方向点头示意。陈聪接到信息,立马从白鬼侧面扑了上去,跟白鬼一起缠斗在地上。白鬼一时没注意,手上的枪摔出了几米远。

郑愁见状,大喊道:"吴海峰,你敢算计我!"

于是找准陈坚的头部,立马扣动扳机,陈坚本想朝两边任何一个方向扑倒,但他知道为时已晚,以郑愁的枪法,在这种情况下,没人能快得过他。

陈坚闭上双眼,静待死神降临。

"咔!"

陈坚依稀听到了微弱的一声子弹卡壳声,他眯眼望去,没错,郑愁手中的56式太老,卡壳了,而且卡得非常牢,郑愁拼命扣动扳机,也无济于事。

于是陈坚立马向二楼冲去,两人拼的就是时间。

而此时，陈聪渐落下风，毕竟白鬼是职业杀手，陈聪被他死死地压在了身下，白鬼一只手拼命掐住陈聪的脖子，一只手试图从腰上摸匕首。

正当白鬼拔出匕首，想要一把刺下去的时候，"嘭"的一声，白鬼的脑袋向右一偏，鲜血四溅，手中的匕首也掉落在地，整个身子趴在了陈聪身上。

原来是金婷婷拼命挣脱了绳子，捡起了白鬼掉落的枪，然后近距离对准白鬼的头部就是一枪。白鬼当场毙命，连几秒钟的惯性也没留下。一般被子弹击中身体其他部位都会有几秒钟的惯性，因为那时候的大脑还没死亡，还在发送指令给身体其他部位。如果直接打中头部，造成大脑瞬间死亡，那么整个人就会瞬间毙命。

金婷婷没来得及反应，看到陈聪有生命危险，拿起枪就往头部打，因为在警校的训练告诉她，生命危机时刻，在有条件的情况下，要打头，这是训练导致的神经反射和肌肉记忆。

郑愁看到白鬼被打死，瞬间失去了希望，此时的枪还没排除故障，他咒骂一声，将枪一扔，赶紧从身后的窗户跳了出去，然后一路飞奔向远处。

陈坚也立马跳了下去，追赶郑愁而去。远处是一片上千亩的绿化林，如果进林子前还追不到郑愁，很有可能会让他逃掉，而到时的主动权也将落到警方手里。

陈聪一把推开白鬼的尸体，惊魂未定，但他从一楼窗户看到陈坚在追赶郑愁，二话不说，也立马追了上去，留下金婷婷还在现场拿着枪惊魂不定。

就这样，郑愁、陈坚、陈聪三人并成一条直线，在田野上奔跑着，像动物世界节目里的犀牛，奔跑的时候，溅起尘埃无数。

三人一直跑，都已经精疲力竭，也还坚持着。郑愁觉得明明眼前的树林很近，却为什么一直跑不到；而陈坚明显已经体力不支，但他一秒也不敢放松，一旦松懈，将再也无法继续支撑；陈聪则在刚才的搏斗中用尽体力，也强忍着内脏的疼痛坚持着。

终于，陈聪再也坚持不住，他放慢了速度；郑愁也将耗尽所有体能，慢慢在减速；陈坚虽然已经筋疲力尽，但仍然把速度保持好，这样，陈坚离郑愁越来越近。

郑愁眼看要被追上，已经没有办法了，他要以命搏命，赌一把。于是，郑愁干脆停了下来，然后从腰间抽出了匕首，直喘粗气。陈坚也停了下来，从腰间抽出匕首，面红耳赤。两人对峙着。

郑愁边喘着粗气，边看着近在咫尺的陈坚，"放了我吧。我知道这么多年，你一直想要杀我，但我何尝不是一颗别人的棋子……而且……我可以帮你找到曹安佳。"陈坚一惊，这不可能，曹安佳失踪了二十多年，现在科技这么发达，要么死了，否则肯定早找到了。郑愁看到陈坚犹豫了，脸上露出了一丝笑意，然后找准机会，上前往陈坚刺去。

其实郑愁根本不知道曹安佳在哪，这只是缓兵之计。这一刀刺在了陈坚的肚子上，然后另一只手抓住陈坚握匕首的手腕。陈坚只觉得肚子上有一丝凉意，知道自己中刀了，便有了同归于尽的想法，于是右手一使劲，直往郑愁的侧腰刺去。郑愁急忙用力顶住，但左手抵不过右手，陈坚一咬牙，匕首刺进了郑愁的左腰。

此时，两人一起用力，都想要先致对方于死地。两人一边用力将匕首插得更深，一边撑大了被仇恨蒙蔽的血红的双眼死盯着对方。牙齿咬得咯咯响，"啊啊啊"的惨叫声不绝于耳，终于郑愁体力不支，被疼痛压垮，倒在了地上。

陈坚趁势一个骑跨，压在郑愁身上，并夺过郑愁的刀扔了出去，然后将自己的刀架在了郑愁的脖子上。

此时，陈聪已经到了两人跟前，而特警的车也已经赶了过来，特警们迅速下车，狙击手将枪架在了车头上。

陈坚要陈聪拿起地上的另一把刀，为他的生父报仇。陈聪犹豫了一下，随后陈坚大声呵斥，人在高度紧张的时候，容易被强势的人的指令指使而不受控制。

陈聪弯下腰想要捡刀，但被身后警察的喊话惊醒了。

24. 最后的抉择

他看了看身后的警察同僚们，仿佛看到了和赵子龙一起值班通宵的场景，仿佛看到了和姜超一起抓捕嫌犯的场景，也仿佛看到了金婷婷第一次见到他，为了掩饰偷拍而怒骂赵子龙的场景……那一身警服才是自己的归宿啊，自己还想要穿着帅气的警服上街巡逻，被老百姓崇拜；还想要破更多的案子，被老百姓感激和信任；还想和金婷婷一起在警队成长，在生活中依偎、相伴。

这一步如果走错了，他将永远失去这些机会，永远无法重回警队，甚至有辱警察的名声，一个警察怎么可以杀人？警察的职责应该是把嫌犯送去法庭才对，国家会进行公正的审判，而警察的职责是以正义之名把罪犯送去审判。

"快动手啊！"陈坚咆哮道。

"不，"陈聪缩回了正准备拿匕首的手，"爸，收手吧，把他交给警察，警察会将他送上法庭的，我们没有权力决定他人的生死。"

"你疯了吗？你懂什么，如果能得到审判，他还活能到现在吗？"陈坚声嘶力竭道，"你是不会明白的，我曾经那么信仰的法律，它真的能惩治恶人吗？真的能伸张正义吗？小聪，这是你的杀父仇人，你还在等什么！"

陈坚看着还在犹豫的陈聪，低头看了看处于半昏迷状态的郑愁，正欲动手，远处的狙击手通过瞄准镜看到了情况，也随时准备扣动扳机。

"爸，我求你，放下仇恨吧，你以为我爸让你活下来是让你复仇的吗？"陈聪终于说出了他的真实想法。

陈坚听了有点惊讶，转头看向陈聪，陈聪继续说道："我知道，这么多年以来，你一直活在全队牺牲，就你活了下来的愧疚里，你肯定想我爸让你活下来，是要让你继续完成他的使命。其实不是的，我爸肯定是希望你好好活下去，他不希望'301'侦查队为共和国做出了那么大的牺牲，却因为无法见光，而被世人遗忘；他希望你活下去，照顾好我妈，然后把故事讲给我听，让我知道我还有这一位伟大的警察父亲。爸，你也曾是个警察，你也曾宣誓过，要捍卫警察荣誉，你忘记了吗？"

陈坚听了，呢喃道："正国大哥真的是这么想的吗？"然后看着满手的鲜血，又扫视了身上的衣服，心想，自己也曾是警察，也曾受人尊敬，也曾为国效力，心里有种说不出的感觉。仿佛是身上的衣服又变成了一身警察制服，那种使命感又回来了。

想到这，陈坚有所松动。

陈聪继续讲："其实，我知道，你内心真正想的也不是报仇，你只是想为我爸正名，想为你们全队正名，你希望得到公开，你想牺牲的警察同事们受到敬仰，因为他们是真正的英雄，不应该被历史埋没。"

听到这，陈坚的内心终于崩溃，陈聪说的正是陈坚的痛处，压抑二十多年一直深埋在心底的痛楚，不敢跟任何人提起的痛楚。独独承受这种压力二十多年，任何一个强人都会被压垮。

陈坚终于放下了手中的匕首，放下了心中的仇恨，瘫坐在了地上。

陈聪看到了，一把上前扶住了陈坚，安慰道："爸，没事了，没事了。"

25. 未完待续

一年后。

新城县人民法院在海内外各大媒体的直播下开庭审理郑愁案。陈坚，哦不，吴海峰穿着囚服出庭作证，贾珍出庭作证，国安部当年的领导和相关知情人员也纷纷主动出庭作证，而那份川娣阿婆手里的名单，早被赵子龙藏在了国宾馆，就在那条青石板路的尽头。黑叔曾说过"你以为光明的尽头，都是出路吗？"，而赵子龙早就在陈聪之前，已经摸到了这条密道，并且发现尽头没到才是这股黑暗势力的大本营所在，这出乎所有人意料的设计，只有赵子龙相信陈聪，相信陈聪最后选择的肯定不是中途的黑暗，而是光明的尽头，光明的尽头也许没有出路，但那一定是正义的所在。

在强大的证据面前，郑愁始终保持沉默。最终郑愁因叛国罪、故意杀人罪、泄露国家秘密罪、滥用职权罪、受贿罪数罪并罚被法院判处死刑，立即执行。郑愁终于舒了一口气，这些年，他其实早就知道自己错了，但是一步错，步步错，只好硬着头皮走到今天，而今天，是他的终点。

至此，这一桩陈年大案水落石出，王正国等四名因公牺牲的警察得以公开正名，被追授英烈和"人民英雄"的荣誉称号。

"这些年，中国站起来了！"当审判落锤的一刹那，吴海峰老泪纵横，他不断地擦拭着眼泪，激动着，感慨着。

几天后，吴海峰故意杀人案开庭，新城县老百姓纷纷为他求情，网络上专门有人为他组织了声援团，最后他被判处十年有期徒刑。而这个组织声援团的人，不是别人，正是郭敬的女朋友，哦，不，现在已经是郭敬的老婆，网络作家叶青。叶青的一个声援帖子，已经有千万人在下面转载和留言，包括唐家三少等一大批有影响的网络作家，纷纷为正义发声。这是一个正义绝不会被埋没的时代。

而陈聪，也如愿以偿，回到了刑警队，并公开了和金婷婷的恋爱关系。而贾珍选择了留下来，帮忙打理吴海峰的事业，也真正地做起了陈聪的"母亲"。

一年后，陈聪升任明湖刑侦队副队长。生活就这样从大起大落趋于平静。直到有一天，赵子龙向陈聪汇报，从一个特大拐卖妇女案中发现一条关于陈聪生母曹安佳的线索，陈聪的生活再次被打破了平静。这个不曾谋过面，哦，其实已经谋面过的亲生母亲,这个跟自己有着血缘关系的女人,当她站在自己面前,那张熟悉的脸庞,那个熟悉的眼神,让陈聪意识到,这也许是另一种生活的开始。但陈聪知道,自己已经真正成长起来,已经可以保护自己身边重要的人了。

新闻报道中,是对郑愁的处决,是欢呼英雄的雀跃,而在芳菲苑里,那个所谓的"程伯"正燃着烟,心情异常沉重,这么多年,只手遮天的时代,只怕是要过去了。而他真正的身份,在三年后,也被公之于世,老虎苍蝇一起打,中央抱着一查到底的决心,连带着一大串腐败贪污分子——那些以金字塔为图腾的人,都被送进了监狱。

七月的新城,新城的上空,没有下过雷雨,却露出了一道久违的美丽的彩虹。陈聪想起陆子心,那个虽然只有短暂的相遇,虽然没有在一起的女孩子,曾经说过,"斯人若彩虹,遇上方知有"。而陈聪的一路,正因为有了彩虹一样美丽的心,才遇到了那么多如彩虹般美好的人。

他将了将警服上的褶皱,拍了拍警服肩膀上的肩章,擦了擦警帽上闪耀正义之光的国徽,然后将它们一一穿上身……

这是一个"九〇"后的新警察,也是这个时代的人民的警察!